L'ASCESA DEL DRAGO

I COMPAGNI DEL DRAGO MUTAFORMA
LIBRO UNO

EVA CHASE

1

Ren

"Aspetti qualcuno, tesoro?" Mi chiese il barista.

Era una domanda ragionevole, visto che me ne stavo appollaiata da dieci minuti su uno degli sgabelli in pelle senza ordinare nulla. Se ci fosse stata più gente, probabilmente me l'avrebbe chiesto molto prima. Ma c'erano solo alcune persone sparse intorno ai tavoli e un altro cliente al bancone, un tipo brizzolato saldamente incollato alla sua birra e al rumore di fondo della partita di football.

Era proprio il motivo per cui avevo scelto quel bar. Se lei avesse deciso di venire, sarebbe stato in un locale di basso profilo, poco rumoroso o affollato. O almeno, mi sembrava l'idea migliore. In ogni caso, non era venuta.

"Non esattamente," dissi al barista, appoggiando i gomiti sul bancone. Il profumo del legno verniciato e dell'alcol mi solleticava il naso. "E se proprio vuoi chiamarmi in qualche modo, chiamami Ren." La maggior parte delle volte in cui ero stata chiamata 'tesoro', poi avevo ricevuto occhiate lascive e palpeggiamenti.

Il barista non si offese, si limitò a sorridere. "Nessun problema, Ren. Posso portarti qualcosa, mentre non stai 'esattamente' aspettando?"

Ero troppo tesa per bere qualcosa per puro piacere, ma forse era proprio per questo che ne avevo bisogno. Mi avrebbe aiutata a rilassarmi. "Prendo un Bloody Mary."

"Arriva subito." Il suo sorriso si fece apologetico. "Devo chiederti un documento. Magari potresti considerarlo un complimento?"

Feci spallucce e presi il portafoglio. Quando gli mostrai la carta d'identità, lui ridacchiò. "Ma dai, è il tuo compleanno? È un onore per me servirti il primo drink." Sollevò un sopracciglio. "O almeno il tuo primo drink bevuto legalmente."

Già, meglio non parlare della quantità di vodka e rum scadenti che mi ero scolata negli ultimi anni per sbronzarmi. Quando dormi per strada, c'è sempre qualcuno pronto a far girare una bottiglia avvolta in un sacchetto di carta. Ma ormai avevo chiuso con quella fase della mia vita.

Mancava solo una cosa.

"Fallo più Bloody che Mary," dissi al barista. In risposta, mi fece il saluto militare e afferrò un bicchiere. Mentre preparava il cocktail, guardai verso la porta. Oltre il vetro, le luci del traffico di Brooklyn sfrecciavano nell'oscurità. Non entrò nessuno.

Portai la mano al medaglione che pendeva dal mio

collo. Percorsi con le dita il delicato motivo a foglie inciso nell'oro caldo. Sentii il petto stringersi ancora una volta quando aprii il medaglione, anche se oggi l'avevo già fatto decine di volte.

Quella collana era l'ultima cosa che mi aveva dato mia madre. Erano passati sette anni, ma riuscivo a ricordare molto chiaramente il modo in cui i suoi occhi scuri avevano brillato, lucidi, mentre premeva il medaglione nelle mie mani. Aveva stretto le dita attorno alle mie e si era avvicinata a me. Il suo profumo, che per qualche motivo ricordava quello di fiori riarsi, mi riempiva i polmoni.

"Devo andare," aveva detto. "Se ciò che sto per fare andrà come spero, tornerò in men che non si dica. Ma se non torno… tieni stretto questo medaglione. Non toglierlo, nemmeno per un istante. E tienilo chiuso fino al tuo ventunesimo compleanno. Poi, se non sarò con te, potrai aprirlo."

In quel momento, il mio ventunesimo compleanno sembrava così lontano che a malapena avevo compreso le sue parole. In passato era già partita per brevi viaggi, ma non era mai stata via per più di una o due settimane. Quando mi strinse tra le braccia, ricambiai l'abbraccio un po' più intensamente del solito, ma non credevo davvero che non l'avrei più rivista. Lei era la mia unica certezza, da sempre.

Ma non era più tornata. Ed eccomi qui, ventunenne. Chiusi il medaglione, lo riaprii, lo chiusi di nuovo. Non c'era nulla al suo interno, a eccezione di un'altra incisione, un simbolo che ricordava una fiamma capovolta al centro di una spirale. Non significava nulla, per me. Non ero sicura che dovesse dirmi qualcosa.

Da qualche parte nei miei pensieri, credevo che nell'esatto momento in cui avessi aperto il medaglione, la mamma l'avrebbe saputo. L'avrebbe saputo, e sarebbe venuta a cercarmi. Qualsiasi cosa la stesse trattenendo, sarebbe finita.

Dopo essermi fatta forza, dodici ore prima, l'avevo aperto per la prima volta. Ed eccomi qui, ancora ventunenne, seduta da sola in un bar mezzo vuoto di giovedì sera.

Non rimasi da sola a lungo. Il barista appoggiò il mio Bloody Mary davanti a me, e un tizio seduto a uno dei tavoli si avvicinò lentamente. Si lasciò cadere su uno sgabello vicino al mio, ordinò al barista un Gin Tonic e mi osservò con attenzione.

"Sei da sola stasera, tesoro?" Chiese. La sua voce era viscida come i suoi capelli. Sotto le ascelle, la sua camicia era macchiata di sudore. "Se vuoi posso farti compagnia io."

Decisamente no. "Sto bene così, in realtà," risposi. "Non ho bisogno di assistenza."

Lui si avvicinò un po'. Puzzava anche di sudore – e dei tre o quattro drink che si era già scolato. Bleah. "Ehi, andiamo, non c'è nulla di male a fare due chiacchiere."

Non ne sarei così sicura, pensai. La verità era che, se anche fosse stato vagamente attraente, avevo già deciso di starne alla larga. A quanto pare, io e i maschi non andavamo molto d'accordo. Avevo frequentato qualcuno negli anni, ma nulla che fosse mai andato oltre le mani sotto la maglietta. Non appena le cose si facevano bollenti e intense, una strana sensazione cresceva dentro di me. Come se degli artigli scavassero nelle mie viscere e, all'improvviso, avevo la sensazione di poter fare a pezzi chiunque avessi davanti.

Come se desiderassi farlo.

Non c'è nulla come la visione di un orribile assassinio per spegnere il desiderio.

Non era l'unica occasione in cui sentivo l'impeto di quegli artigli dentro di me. Il tizio viscido mi toccò la spalla con un sorrisetto, e un formicolio mi grattò le costole. La sua immagine si mise improvvisamente a fuoco davanti ai miei occhi. Riuscivo quasi a sentire le ferite del suo ego, condite di disperazione.

"Non sono più interessata a te di quanto non lo sia la tua ex," dissi, bevendo un sorso del mio Bloody Mary. "Quindi perché non lasci entrambe in pace?"

Il viso del tizio divenne pallido. "Strega," borbottò. Agguantò il suo drink dal bancone e se ne andò a grandi passi.

Mandai giù un altro sorso del delizioso cocktail a base di pomodoro. Il barista si era assicurato che fosse bello forte, proprio come volevo. Abbastanza da cancellare buona parte del disagio causato dall'incontro con quell'uomo.

Il cellulare mi vibrò in tasca. Lo tirai fuori e sorrisi leggendo il nome sullo schermo. "Ehi, Kylie!" dissi. "Sei sicura di poter telefonare mentre sei di turno?"

"Ho fatto un accordo con il mio responsabile: questa sera posso staccare prima in cambio di un turno più lungo domani," rispose la mia migliore amica con la sua voce vispa. "Sorpresa di compleanno! Dove sei, Ren? Stasera dobbiamo scatenarci!"

Risi. Forse era proprio ciò di cui avevo bisogno. Ormai era chiaro che mia madre non sarebbe venuta, troppo presa da qualsiasi cosa fosse più importante che restare con la sua unica figlia, e chiaramente un gioiello non l'avrebbe fatta tornare. Ma non avevo più bisogno di lei. Ero sopravvissuta agli ultimi sette anni, completamente incolume, e ora io e Kylie avevamo finalmente messo da parte abbastanza soldi per poterci pagare un appartamento.

Era un appartamento malridotto, in una via così squallida che c'erano più erbacce che asfalto sui marciapiedi, ma aveva quattro pareti e un soffitto senza buchi. Aveva una porta con la serratura, e solo noi avevamo le chiavi. In tempi come questi, era il paradiso.

Solitamente Kylie faceva il turno di sera come cassiera e addetta scaffali in un malandato negozio di alimentari del quartiere. L'indomani mattina io sarei tornata al mio lavoro in magazzino, a trasportare scatoloni. Non era divertente, ma mi permetteva di pagare le bollette. E potevo sonnecchiare lavorando, quindi non dovevo preoccuparmi dei postumi della sbornia.

Girai uno dei sottobicchieri sul bancone per controllare il nome del bar. "Sono in un posto che si chiama Carmello's," dissi. "È sulla Quinta Strada, qualche isolato dopo il parco. Ma possiamo vederci dove vuoi."

"No, no," disse Kylie. "Vengo a prenderti. E poi ti trascino in un'avventura epica, ragazzina."

"Farai meglio a mantenere la promessa," risposi. Non

che dubitassi delle intenzioni di Kylie. Aveva solo due anni più di me, ma quando l'avevo incontrata per la prima volta, qualche anno prima, la differenza d'età era sembrata molta di più. Si era occupata di me come una sorella maggiore – e un'amica.

Carmello's era sicuramente troppo noioso per lei, ero certa che non sarebbe voluta restare. Buttai giù ancora un po' del mio Bloody Mary, per essere sicura di finirlo prima del suo arrivo.

La porta si aprì con un fruscio, ma era troppo presto perché fosse già Kylie. Il mio cuore si fermò per un istante, nonostante tutti i miei tentativi di prepararmi psicologicamente. Ma, alla fine, non fu mia madre a entrare.

Il ragazzo che varcò la soglia sembrava giovane, forse intorno ai venticinque anni, ma la sicurezza con cui s'introdusse nel bar sembrava appartenere a qualcuno con molta più esperienza. Il suo viso tondo era interrotto da zigomi ben definiti; non era esattamente bellissimo, ma di sicuro non passava inosservato. I suoi occhi nocciola ispezionarono il locale, fermandosi su di me.

Spostai subito lo sguardo, rendendomi conto che lo stavo fissando. E di sicuro lui non era il tipo di persona che volevo fissare. Aver vissuto per strada mi aveva dotata di uno spiccato senso del pericolo. Questo tizio? Era meglio non dargli fastidio. Sembrava muoversi con uno scopo. Pensai che fosse meglio non stargli fra i piedi, qualsiasi cosa stesse facendo.

Ma, con la mia solita fortuna, si avvicinò al bancone proprio accanto a me. "Fammi il tuo drink migliore," disse al barista, poi si voltò verso di me. "Bella serata per un giro in città."

"Immagino di sì," risposi in modo vago. Quanto ci voleva a Kylie per arrivare qui e darmi una via di fuga facile?

Zigomi inclinò la testa. "L'inizio d'estate nell'aria risveglia davvero la bestia."

E *questo* cosa voleva dire? Feci spallucce e mi finsi affascinata dal mio Bloody Mary. Lui non colse.

"Magari potremmo fare due passi e conoscerci un po' meglio."

Mi voltai subito a guardarlo. Era *proprio* sicuro di sé. La mia bocca parlò prima che potessi riflettere. "Chi dice che sono interessata a conoscerti?"

Zigomi fece un grande sorriso, imperturbato. "Dico solo che abbiamo molto in comune, è evidente. Questo non è il posto per noi, non credi? Perché non tornare all'ovile, almeno per una visita?"

Molto in comune? L'ovile? Era forse *drogato*? Le pupille non erano dilatate, non faceva movimenti improvvisi, ma giravano tante droghe strane in quel periodo.

Mandai giù quanto più Bloody Mary riuscii a bere in un solo sorso e posai il bicchiere. Il colpo di spezie e alcol rese più affilati i miei artigli interni. "Sono piuttosto sicura che non abbiamo nulla in comune," dissi. "Per esempio, io so accettare un 'no'."

Prima di dover scoprire come avrebbe risposto, saltai giù dallo sgabello e tirai dritta verso la sala sul retro, con il cartello *Toilette*. Era improbabile che mi seguisse dentro il bagno delle donne.

Mentre mi lavavo le mani, osservai il mio riflesso. Quel giorno avevo optato solo per il mio solito abbinamento: mascara e rossetto marrone chiaro. Indossavo abiti comodi, una maglietta sbiadita dei Nine Inch Nails e i jeans. Avevo miracolosamente dei bei capelli – le mie onde color cioccolato cadevano perfettamente sulle mie spalle, proprio come non riuscivo mai a sistemarle – ma a parte quello non c'era altro di speciale. Quindi perché i maschi continuavano a puntarmi come delle mosche su un barattolo di acqua e zucchero?

Non importava, quel ragazzo mi metteva troppo a disagio. O era drogato, o un po' pazzo, e nessuna delle due opzioni avrebbe portato qualcosa di buono. Avrei scritto a Kylie d'incontrarci al locale dall'altro lato della città; ci sarei andata con un taxi.

Stavo prendendo il cellulare mentre uscivo dal bagno, quando un paio di braccia mi avvolsero da dietro. Una mano premette un panno bagnato sul mio viso, l'altra mi cinse la vita. Un odore disgustosamente dolce mi invase. Sferzai il gomito all'indietro… e il mondo diventò nero.

2

Ren

Mi svegliai con una sensazione di torpore alla testa e del tessuto morbido sulla guancia. Nessuna delle due sensazioni mi piaceva.

Sbattendo le palpebre, mi strofinai la fronte. Riuscii a mettere a fuoco la stanza attorno a me. Continuavo a non capire.

Mi trovavo stesa su un letto a baldacchino in un'elegante camera da letto. La fioca luce del sole filtrava attraverso le tende di broccato poste ai lati di un'ampia finestra. La struttura del letto, così come la cassettiera e la toletta alle pareti, sembravano fatte di mogano, lucidate alla perfezione. Un decoro di fiori dorati brillava sulla tappezzeria color verde menta.

Il copriletto sotto di me era di velluto. Il suo morbido spessore si scurì sotto la pressione delle mie mani, mentre mi sollevavo. Emanò un dolce profumo di lillà.

Dolce. Mi tornò subito alla mente il ricordo delle braccia che mi avevano bloccata, il panno a tapparmi naso e bocca. Il mio battito divenne irregolare. Mi toccai il viso, come se potessi eliminare quel momento dal mio passato e non farlo accadere.

Ma era accaduto: qualcuno mi aveva presa e addormentata. E mi aveva portata lì, qualunque posto fosse *lì*. A quanto pareva, il mio rapitore aveva un sacco di soldi e un gusto decadente in fatto di arredamento.

Mi tastai le tasche, il mio cellulare era sparito. Almeno indossavo ancora i miei vestiti, che sembravano intatti. Non avvertivo nessun dolore o fastidio. Non c'erano indizi a farmi pensare di essere stata maltrattata, a parte l'aggressione iniziale.

Perlomeno, finora. Chi poteva sapere cos'aveva in serbo per me il mio rapitore?

Con i muscoli tesi, mi spinsi giù dal letto. La finestra sembrava affacciare sull'ingresso della casa, su una strada di periferia. Un ampio prato si estendeva fino alla strada, sul cui lato opposto, a circa trenta metri, si trovava una grande casa vittoriana. Si intravedeva un'altra casa sulla sinistra, oltre una spessa siepe. Non vidi nessuno muoversi dietro le finestre o fuori da quelle case, ma il sole era appena sorto all'orizzonte. Forse più tardi avrei avuto la possibilità di gridare per chiedere aiuto.

Nel frattempo, poggiando i piedi sulle assi del pavimento, andai alla toletta per cercare un tagliacarte o una forcina, o qualsiasi cosa di abbastanza appuntito. I cassetti mi offrirono solo barattoli e tubetti di vari cosmetici in crema e in polvere, un pennello, un pettine e uno specchio in un astuccio d'argento più piccolo del palmo della mia mano.

Sentii dei passi fuori dalla porta. Infilai automaticamente lo specchio in tasca. Dopo aver trascorso anni a rubare, ormai era più forte di me. Chiusi il cassetto e tornai alla finestra.

Il pomello della porta ruotò. Non ci fu nessun rumore di chiave, nessuno scatto di serratura. Esitai, nonostante il mio cuore stesse battendo all'impazzata. La porta non era nemmeno chiusa? Non mi ero presa la briga di controllare – l'avevo dato per scontato.

La porta si aprì. Entrò in camera un tizio che non avevo mai visto prima. Ne ero sicura, perché se l'*avessi* incontrato, anche anni fa, me lo sarei ricordato sicuramente. Era l'essere umano più bello che avessi mai visto.

Il suo corpo slanciato e muscoloso, un po' più alto del mio metro e settantacinque, era coperto da una camicia aderente e pantaloni eleganti. Anche il suo viso era elegante, con profondi occhi blu indaco e contornato da ritti capelli neri. L'unico dettaglio che intaccava la sua simmetria perfetta era una piccola cicatrice sul sopracciglio sinistro, ma in qualche modo lo rendeva ancora più perfetto. Un orecchino brillava sul suo lobo destro: un piccolo zaffiro dello stesso colore dei suoi occhi.

Dopo aver fatto qualche passo, si fermò e mi fece un sorriso sghembo. Sentii un fremito attraversarmi il petto.

Santo cielo. Mi avevano tramortita e portata in casa di uno sconosciuto; non era proprio il momento adatto per scaldarsi tanto, Ren.

Eppure mi stavo sciogliendo. Il mio cuore batteva ancora all'impazzata, ma ora non era solo per la paura. Il fremito che percorreva i miei nervi sembrava più che altro bramosa attesa.

Cosa c'era di sbagliato in me?

E, me lo stavo solo immaginando, o anche lui stava ricambiando il mio sguardo con lo stesso desiderio?

"Benvenuta nella mia casa," disse con voce elegante e melodica. "Mi dispiace doverci conoscere in queste circostanze. Ti assicuro che solitamente non rapisco le persone. Speravo di poterti parlare nel tuo territorio, ma il mio assistente… si è fatto prendere la mano."

Lanciò uno sguardo verso l'ingresso. Avevo intravisto quel tipo sulla porta. Era Zigomi, quello che avevo incontrato al bar. Le mie spalle s'irrigidirono.

Ma dopo aver fatto lo spaccone al bancone, ora sembrava completamente abbattuto. Strisciò i piedi fino alla soglia della camera e cadde in ginocchio, a testa bassa.

"Mi dispiace tanto. Ho esagerato."

"*Decisamente*," disse seccamente l'altro.

"Decisamente," concordò immediatamente Zigomi. "È stata tutta colpa mia. Non avrei nemmeno dovuto parlarti. Io… davvero, mi dispiace."

"Va bene," disse il suo capo, agitandogli la mano davanti al viso. "Vattene, ora. Credo proprio che lei non voglia vedere la tua faccia più dello stretto necessario. Puoi iniziare il tuo nuovo lavoro." Tornò a guardarmi, rivolgendomi un sorriso sbilenco. "L'ho incaricato di occuparsi delle pulizie per un mese. Mi sembrava la punizione adatta, visto il disastro che ha combinato."

"Sono confusa," dissi. "Quindi… tu non *volevi* rapirmi?" Facevo davvero fatica a capirlo.

"Come ho detto, non è nel mio stile. Avrei ordinato a Leonard di riportarti a casa, se avessi saputo l'indirizzo. Visto che non lo sapevo, ho cercato nel frattempo di farti sentire il più possibile a tuo agio," disse, indicando la stanza con un cenno.

Non si era avvicinato, mi stava ancora lasciando molto spazio. Ma si era posto tra me e l'ingresso. Mi leccai le labbra.

"Quindi, se volessi, potrei andare a casa adesso?"

Sollevò le sopracciglia. "Beh, certamente. Sentiti libera di essere libera." Fece un passo di lato per lasciarmi la via libera fino alla porta. "Siamo solo a mezz'ora di distanza da Brooklyn, la stazione dei treni è a dieci minuti a piedi da qui. Ma forse potresti pensarci e accettare la mia ospitalità ancora per un po', visto che ormai sei qui? È davvero da tanto tempo che aspetto l'occasione di parlarti."

Avevo già attraversato metà stanza, ma a quelle parole il mio corpo si bloccò. Lo fissai dritto negli occhi. "Che vuoi dire? L'hai detto anche prima: vuoi parlarmi. Ma di *cosa*? Chi *sei* tu? Perché tu e il tuo 'assistente' stavate ficcando il naso nella mia vita?"

"Affrontiamo una cosa alla volta, partendo da quella più semplice. Mi chiamo Marco. Piacere di conoscerti." Abbassò la testa in un mezzo inchino scherzoso. "Vorrei dirti praticamente tutto, ma magari cominciamo da ciò che hai fatto negli ultimi sedici anni. E *davvero* non hai idea del perché mi interessa la tua vita?"

Marco pronunciò le ultime parole con leggerezza, ma il suo sguardo blu indaco si fissò nel mio con attenzione. Il brivido di bramosa attesa percorse di nuovo i miei nervi. Dal nulla mi trovai a domandarmi come sarebbe stato sentire una di quelle agili mani percorrere la mia pelle…

Okay, Ren, concentrati. Conosci questo tizio da cinque minuti, e non sei nemmeno sicura che tutta questa storia del rapimento sia davvero un incidente.

Se non fosse che gli *credevo*, dentro di me, nel profondo, per ragioni che non sapevo spiegare. *Lui non mi mentirebbe*, mi diceva il mio istinto. Come diavolo facevo a saperlo?

Nessuna di queste reazioni rispondeva alla sua domanda, però. "No," dissi. "Non ne ho la più pallida idea. Non è qualche scherzo di compleanno organizzato da Kylie, vero?" Sembrava incredibilmente elaborato, persino per lei.

Marco scosse la testa. "No. Decisamente non è uno scherzo. Sto solo cercando di sistemare le cose."

"Con *me*? Ma non ti conosco. Non ti ho neanche mai visto prima."

"Non ci conosciamo? Ti chiami Serenity, giusto?"

Non pensavo di poter diventare ancora più tesa di quanto già non fossi. A quanto pare, mi sbagliavo. Sentii la schiena irrigidirsi completamente.

Nessuno usava quel nome. Nessuno lo aveva mai usato a eccezione di mia madre, sussurrandolo quando ero ammalata o mi stavo addormentando, per quanto riuscivo a ricordare.

"Mi chiamo Ren," dissi con voce stridula.

"Abbreviazione di Serenity," disse Marco. "Non serve che tu lo nasconda con me. Non ho intenzione di farti del male."

Perché diceva così? I miei pensieri correvano così veloci che premetti una mano sulla fronte. Marco fece un passo verso di me.

"Non ci sto capendo nulla," dissi. "Proprio nulla."

La sua espressione si addolcì. Mentre riportavo giù la mano, lui alzò la sua per sfiorarmi la guancia. Il mio cuore saltò un battito, ma per il desiderio di lasciarmi andare al suo tocco, non perché volessi tirarmi indietro. La mia pelle formicolò sotto le sue dita. Emanava un intenso profumo speziato di caffè alla cannella. Buonissimo. Il mio sguardo cadde sulla sua bocca.

Lo vidi deglutire. "Cosa ti ha fatto, mia Principessa del Fuoco?" Mormorò. "Come ha potuto tenerti nascosta così?"

"Nessuno mi ha tenuta nascosta," dissi. "Sono proprio qui. Di chi stai parlando?"

"Tua madre. Dev'essere stata lei. Per proteggerti, certamente, ma…"

Scattai all'indietro, con gli occhi spalancati. "Cosa sai di mia madre? *Come* fai a sapere cose su di lei?"

Marco sembrò sorpreso della mia reazione tanto quanto lo ero io. "Si può dire che frequentavamo gli stessi posti tanto tempo fa. L'ho cercata proprio quanto te."

La speranza che aveva iniziato a ribollire dentro di me svanì. "Quindi non sai dove si trova ora."

Corrucciò il volto. "No. Tu non lo sai? Ren, penso che faresti meglio a…" Fece un bel respiro e recuperò il tono elegante di prima. "Mi sto proprio comportando da maleducato. Tutto questo parlare proprio all'ora della colazione, senza offrirti nulla da mangiare. Ti faccio preparare qualcosa. Perché non ti prendi un momento per schiarirti le idee? A quanto pare abbiamo molte più cose da discutere di quel che pensassi."

Sollevò la mia mano e la baciò rapidamente sul dorso. Il lieve tocco delle sue labbra fece ardere la mia pelle. Poi uscì rapidamente dalla stanza, senza aspettare la mia risposta.

3

Marco

Leonard, l'idiota, stava ciondolando all'ingresso. "Cosa stai facendo?" Sbraitai, passandogli accanto. "Ti avevo detto d'iniziare con le pulizie di fino."

Mi corse dietro, frastornato. "Pensavo scherzassi, Marco."

"Ah, davvero?" Mi voltai verso di lui, in cima alle scale. "Pensavi scherzassi anche quando ti ho rimproverato per essere andato dalla mia amica per indagare da solo? Per non parlare del fatto che l'hai portata via contro la sua volontà! O almeno quella parte l'hai capita?"

Leonard si fece piccolo. Avrebbe risposto a tono a chiunque altro, ma sapevo che in fondo era un codardo. Davanti a un'autorità più forte, crollava a pezzi.

Purtroppo, la notte precedente non ero stato presente per esercitare quell'autorità. *Avvicinati il più possibile alla fonte della magia,* gli avevo detto. *Poi ci penserò io, non appena farò ritorno dalla Carolina del Nord.* A quanto pare non ero stato abbastanza chiaro. Il mio assistente di New York l'aveva convinto che portare la ragazza a casa mia mi avrebbe colpito. Perché rapire una persona era chiaramente il modo migliore per ricostruire la fiducia che aveva totalmente perso.

Ma lei non sembrava ricordare che ci fosse qualcosa da ricostruire. Aveva reagito alla mia presenza, l'avevo vista – quell'attrazione immediata verso il proprio compagno. Avevo provato la stessa cosa subito dopo aver posato gli occhi su di lei. E, santo cielo, la mia compagna era davvero bellissima. Quel profumo che avevo avvertito avvicinandomi a lei, dolce e aspro allo stesso momento… Avevo dovuto ricorrere a tutto il mio autocontrollo per non premere le labbra sulle sue, per scoprire se anche il suo sapore era così buono.

Non era pronta. Non era pronta per nulla di tutto questo. Il suo *corpo* aveva reagito, ma era davvero confusa. Non aveva nemmeno capito cos'ero, e quasi sicuramente non aveva capito neanche *cos'era* lei. La mia Principessa del Fuoco, senza saperlo, era tutto fuorché un normale essere umano. Non poteva essere più assurdo di così.

E ora avrei dovuto spiegarglielo, oltre a giustificare la spiacevole propensione ai rapimenti del mio assistente.

Guardai Leonard in cagnesco ancora un po', ma onestamente, metà della colpa era mia per avergli affidato il lavoro.

"Gli altri alfa saranno per strada," dissi. "Potrebbero arrivare da un momento all'altro. Quindi, ora che sai che non sto scherzando, sei pregato di andare a trovare una lampada da spolverare o un bagno da pulire."

"Sissignore. Mi dispiace, signore." Leonard chinò il capo e se ne andò a grandi passi. Magari gli sarebbe servito di lezione. Vedere i sorrisi falsi dei miei sottoposti non mi faceva piacere, ma era sempre meglio che lasciarli andare in giro in preda ai loro impulsi e rovinare il momento più importante della mia vita.

Scesi al piano di sotto, inspirando il profumo di salsicce e uova strapazzate proveniente dalla cucina. Lindy, che si occupava della casa durante i lunghi periodi in cui vivevo altrove, sapeva che avremmo avuto bisogno di fare colazione, anche se io me n'ero dimenticato. Era così sveglia che probabilmente l'aveva già preparata anche per gli ospiti.

Nonostante lo sfrigolio dell'olio e il rumore del mestolo nelle padelle, grazie al mio udito da felino sentii un cigolio. Mi fermai e voltai la testa verso il rumore.

Il salotto sul retro. Qualcuno stava cercando di forzare la finestra dall'esterno.

Prima il rapimento e adesso un'intrusione. La giornata sembrava promettere molto bene. Presi fiato.

"Leonard!" urlai, avviandomi verso l'ingresso. "A quanto pare, ho un altro lavoro per te."

Ren

Cosa ti ha fatto, mia Principessa del Fuoco? Come ha potuto tenerti nascosta così?

Le parole di Marco riecheggiavano nella mia mente. Appoggiai la testa sulle mani, seduta sul bordo del letto. I miei pensieri non si erano fermati un attimo, da quando lui era uscito dalla porta. Che aveva lasciato aperta, quindi dedussi che *avrei potuto* andarmene, se avessi voluto. Solo che ormai non l'avrei fatto, ora che *io* avevo così tante domande in attesa di risposta.

Come faceva a conoscere mia madre? Perché era convinto di conoscermi? Come aveva scoperto il mio vero nome? Cosa c'era di così importante da spingerlo a rintracciarmi, al punto che il suo "assistente" aveva ritenuto opportuno rapirmi?

Perché sentivo il bisogno di farmi avvolgere dalle sue braccia quando eravamo vicini?

Un grido proveniente dall'esterno interruppe il vorticare dei miei pensieri. Sentii un tonfo e un grugnito – rumori di lotta. Stavo già andando alla finestra, quando sentii attraverso il vetro una voce vispa e familiare, resa più decisa dalla rabbia.

"Lasciami andare! E farai meglio a liberare anche Ren. So che l'hai portata qui. Stupidi idioti. Ho chiamato la polizia! Arriveranno da un momento all'altro."

Kylie. Cosa ci faceva qui? Mi affrettai verso la finestra.

I corti capelli rosa acceso di Kylie luccicavano alla luce del sole. Leonard, l'assistente di Marco, l'aveva placcata a terra bloccandole le braccia dietro la schiena. Lei si dimenava, continuando a lanciare minacce e insulti, nonostante il suo viso fosse schiacciato sull'erba. Marco era davanti a loro. La sua bocca si muoveva, ma non riuscii a capire cosa stava dicendo a Leonard.

Un brivido mi percorse. Marco aveva detto che il mio rapimento era stato un incidente, però aveva assunto gente che pensava andasse bene farlo. E se avesse fatto del male a Kylie, o peggio?

Aprii di colpo la finestra e spinsi via la zanzariera. Poi, in un attimo, saltai sul davanzale e balzai nel vuoto.

Il vento mi sibilò nelle orecchie mentre ero immersa nell'euforia che solo un buon salto può provocare. Era come un'ondata di forza che potevo quasi afferrare, prima che mi sfuggisse tra le dita. Il mio corpo si curvò in avanti, preparandosi all'impatto. Colpii il terreno con un tonfo sordo che mi fece tremare le ossa, ma non ne ruppe nemmeno una. Avevo fatto di peggio.

Quando mi rimisi in piedi, Marco mi stava fissando con i suoi incantevoli occhi blu indaco. Spostò gli occhi da me alla finestra, e poi di nuovo su di me. Poi rise. "Se volevi scendere, potevi usare le mie normalissime scale." Ignorai la battuta. Leonard si era immobilizzato per vedere cosa stava succedendo, ma teneva ancora Kylie bloccata a terra. "Non farle del male," dissi. "Lasciala andare. È la mia migliore amica."

Marco mi guardò con un sopracciglio alzato. "La tua migliore amica stava cercando di fare irruzione in casa mia."

"Perché *tu* hai portato via Ren per farle chissà cosa," rispose seccamente Kylie. Era riuscita a inclinare la testa di lato per guardarmi negli occhi. "Stai bene?"

"Sto bene," risposi. *Almeno fisicamente*, aggiunsi tra me e me. Dal punto di vista emotivo… la mia confusione era sparita, sovrastata da quella sensazione di artigli nel petto che diventava sempre più forte ogni secondo che Kylie restava bloccata a terra. Leonard stava solo eseguendo gli ordini. Lanciai un'occhiataccia a Marco. "Ho detto *lasciala andare*. Voleva solo aiutarmi. Non puoi darle torto."

Quando si voltò verso di me, c'era qualcosa di diverso nei suoi occhi. Avvertii una sensazione di calore tra le gambe, più intensa di prima. Era *davvero* ingiusto che questo tizio potesse farmi eccitare a tal punto con uno solo sguardo, anche quando ero assolutamente furibonda con lui.

Almeno mi ascoltò. Alzò la mano. "Leonard, basta così."

La sua voce era calma e morbida, ma il suo assistente balzò all'indietro come se Marco avesse urlato. Kylie si rimise in piedi, togliendosi di dosso i pezzetti di erba appiccicati alla sua canotta e ai pantaloncini di jeans. Non appena si fu rialzata, mi strinse in un abbraccio. Ricambiai la stretta, sentendomi al sicuro per la prima volta da quando mi ero svegliata.

Quella sensazione non durò a lungo. Marco si schiarì la voce. "Posso chiedere alla tua amica come ha fatto a trovarci, di preciso?"

Kylie fece un passo indietro, tenendo un braccio attorno a me con fare protettivo. Era quindici centimetri più bassa di me e magra come un chiodo, ma sapevo con quanto coraggio avrebbe potuto combattere se fosse stato necessario.

"Stavo andando al bar per incontrare Ren," disse. "E ho visto il tuo scagnozzo caricarla nel baule di un'auto. Era chiaramente incosciente. Lui è partito prima che potessi inseguirlo, ma sono riuscita a leggere la targa. Da lì…" Le sue labbra si curvarono in un sorrisetto. "Diciamo solo che conosco persone che sanno come entrare nei database giusti. E le videocamere di sorveglianza del traffico sono uno strumento fantastico."

Lo sguardo di Marco si spostò verso i semafori alla fine del lungo quartiere di periferia. Scosse la testa, quasi divertito. Kylie conosceva davvero un sacco di persone. Qualsiasi cosa ti servisse, lei sapeva sempre trovare qualcuno che se ne sarebbe occupato. Aveva tantissimi favori da riscuotere.

Credimi, la maggior parte di loro non mi piace, mi aveva detto una volta, davanti a metà di una bottiglia di vino scadente. *Ma è meglio frequentare certa gente per capire quanto puoi fidarti, piuttosto che non avere idea di cosa potrebbero fare.*

"E sta davvero arrivando la polizia?" chiese Marco.

"Ti piacerebbe saperlo, eh?" Rispose subito Kylie, ma un tremito nei suoi occhi mi fece capire che stava bluffando. Nessuna delle due si fidava molto dei poliziotti. Aveva cercato di salvarmi con le sue sole forze.

A quanto pareva, anche Marco aveva capito che stava mentendo. "Beh, hai trovato Ren, e come vedi sta bene," disse. "La situazione è complicata. E non ti riguarda. Quindi, grazie per la gradita visita, ma ora devo chiederti di andartene."

Kylie spinse in fuori il mento. "Ah, ah. Assolutamente no. Qui sta chiaramente succedendo qualcosa di strano. Andiamo, Ren. Squagliamocela."

Avremmo potuto. Marco non fece nulla per fermarmi; si limitò a fissarmi con sguardo interrogativo. Stava aspettando la mia mossa. Questo non fece che rafforzare la mia decisione.

"Non posso ancora andare," dissi a Kylie. "Ho ancora delle cose di cui parlare con Marco."

Mi diede uno strattone per obbligarmi a guardarla. "Stai scherzando? Questo tizio ha tutta l'aria di essere un imbroglione."

Deglutii forte. "Sa qualcosa su mia madre," dissi.

Kylie spalancò gli occhi. Non parlavo quasi mai di mia madre, ma la mia migliore amica sapeva praticamente tutto. Ed era brava a capire come mi sentivo, anche quando volevo nasconderlo, quindi sapeva quanto la sparizione di mia madre mi aveva segnata, probabilmente più di quel che avrei voluto.

"Okay," disse. "Lo capisco. Ma non voglio nemmeno lasciarti da sola con loro. Se resti, resto anch'io."

Ero sicura che l'avrebbe detto. Mi si strinse la gola. Non aveva senso discutere con lei. Mi voltai verso Marco. "Qualsiasi cosa mi dirai, può sentirla anche Kylie. Fine della discussione."

Ci guardammo negli occhi per mezzo minuto. Poi Marco ridacchiò. "Va bene. Sarà interessante. Entriamo, faremo un bel brunch."

Si avviò con calma verso la porta d'ingresso, senza nemmeno controllare se lo stessimo seguendo. Gli feci una smorfia alle spalle, ma mi affrettai a seguirlo. Kylie mi strinse la mano.

"Sei sicura che sia sincero?" Mi chiese sussurrando.

"Sapeva cose che nessun altro sa." Come il mio nome completo, che non avevo mai detto nemmeno a Kylie. E che ero venuta a vivere in città con la mamma ormai sedici anni prima.

Mi tornò in mente un ricordo del mio compleanno dopo un paio di giorni dal trasloco nel nostro appartamento nel West Village: le stanze ancora spoglie, una torta con cinque candele sul pavimento tra me e la mia mamma. *Esprimi un desiderio. Puoi chiedere qualsiasi cosa tu voglia. Stiamo ricominciando da zero.*

Marco ci condusse in un salotto al primo piano. Come la camera in cui mi ero svegliata, la stanza era arredata con raffinati mobili antichi dall'aspetto costoso. Io e Kylie ci sedemmo vicine su un divano con cuscini di velluto.

Una donna di mezz'età dai folti ricci grigi e biondi entrò silenziosa nel salotto, portando piatti colmi di salsicce, uova strapazzate e toast imburrati, che appoggiò sul tavolino da caffè di mogano davanti a noi. L'invitante profumo mi fece venire l'acquolina in bocca. Non toccavo cibo dalla merenda del giorno prima. Afferrai uno dei piatti e una forchetta, che sembrava di *vero* argento, e mi buttai sul cibo.

Kylie ammirò il banchetto. "Cavolo, sembra buono." Afferrò un piatto e prese una forchettata di uova. Alzò gli occhi al cielo con espressione di estasi in viso. Poi puntò la forchetta verso Marco. Era appoggiato alla mensola del camino vuoto, le braccia incrociate con noncuranza, mentre ci osservava con un sorrisino.

"Quindi, cosa sai sulla madre di Ren?" Chiese Kylie. "Abbiamo la bocca piena, ma le orecchie sono libere."

Alzai la testa, ingoiando un pezzo di salsiccia. Marco si passò il pollice sulle perfette labbra carnose. Non stavo assolutamente pensando a come sarebbe stato baciarle, mentre aspettavo la sua risposta seduta sul bordo del divano. Il mio cuore aveva ricominciato a palpitare.

"Forse prima dovrei chiedere cosa sapete *voi* di lei," disse con il suo solito tono leggero.

"Non molto," disse Kylie. "Solo ciò che Ren mi ha detto. Se n'era già andata quando siamo diventate amiche."

"Mi pare di capire che se ne sia andata ormai parecchio tempo fa." Marco mi guardò in cerca di conferma.

Annuii, poco propensa ad aggiungere altro. Non conoscevo abbastanza questo ragazzo per essere sicura di quanto fidarmi. "Viaggiava spesso," dissi. "L'ultima volta, non è più tornata a casa."

"E quanto tempo fa è successo?"

"Ti serve davvero che te lo dica io, o lo sai già?"

Ricomparve l'espressione seria che avevo intravisto prima; un'ombra attraversò rapida il suo bellissimo viso. "Te lo giuro, non sto giocando. Voglio capire cos'è successo tanto quanto te. Spero che insieme potremo unire i pezzi per avere il quadro completo."

Sembrava sincero. La sua voce non aveva lasciato trapelare emozioni, se non preoccupazione e un po' di frustrazione – mi sembrò comprensibile. Ma a *me* non aveva ancora detto quasi nulla.

"Perché non…" Iniziai.

Marco voltò di scatto la testa di lato, come se avesse sentito un rumore. Un secondo dopo, lo sentii anche io: il rombo attutito del motore di un'auto. Si avviò alla porta a grandi passi.

"Mi dispiace," disse. "La tua amica è solo la prima degli ospiti che sono venuti a trovarti oggi. Sei famosa."

Mi fece l'occhiolino e si diresse verso l'ingresso.

4

Ren

"Sai che tutto questo è folle, vero?" Chiese Kylie, appoggiandosi al divano. Si portò un pezzetto di toast alla bocca e masticò vigorosamente. Non avevo mai capito come potesse mangiare quanto un giocatore di football e rimanere così magra.

"Sì, ci ho pensato circa un centinaio di volte." Mi strofinai la fronte. "Mi dispiace tanto averti coinvolta, Ky."

Mi diede un colpetto sul ginocchio. "Non essere sciocca. Sono felice di essere qui. Posso aiutarti a tagliare la corda, se le cose dovessero diventare ancora più strane. E sono anche piuttosto curiosa di scoprire il grande segreto su tua madre."

"Ammesso che Marco sappia davvero qualcosa su di lei." Iniziavo a pensare che non la vedesse da ancora più tempo di me. Ma il modo in cui mi aveva parlato – il modo in cui mi aveva *guardata*… Sapeva qualcosa di grosso che non mi aveva ancora detto.

Era forse per questo che il mio corpo reagiva con tanto fervore alla sua presenza? Non avevo mai provato sensazioni così forti per un uomo. Ovviamente non potevo dire di aver mai conosciuto un ragazzo bello anche solo la metà di lui…

Come se mi stesse leggendo nel pensiero, Kylie alzò le sopracciglia. "Devo ammetterlo, hai davvero fortuna con i rapitori misteriosi. Quel tipo è irresistibile."

Non riuscii a non ridere, pur arrossendo. "Sì, me ne sono accorta."

"Ooh." Kylie mi diede un altro colpetto con il piede. "Forse Ren ha altri motivi per voler restare. Sono sconvolta. Non sei una tipa da cotte."

"Non ho mai visto un ragazzo come lui," mormorai.

Dall'altro lato della casa, sentii chiudersi la porta. Tesi le orecchie per distinguere la voce di Marco o dei nuovi arrivati, ma non riuscii a sentire nulla. Cosa voleva dire che delle persone sarebbero venute a *trovarmi*? Cosa c'entravano questi 'ospiti' con il misterioso segreto che doveva ancora rivelare?

L'incertezza ebbe la meglio sulla fame. In ogni caso, avevo svuotato metà piatto. Lo appoggiai sul tavolino da caffè. Attraverso il muro sentii il rombo di un'altra auto che si fermava fuori dalla casa. Non riuscivo a star ferma sul divano. Di cosa stavano parlando là fuori?

Portai la mano al mio ciondolo. Era stato il mio confortante punto di riferimento durante gli ultimi sette anni. E per tutto quel tempo avevo aspettato di poterlo aprire.

Lo avevo aperto… e prima che finisse la giornata, era apparso l'assistente di Marco. Scrutai l'elaborato ovale d'oro. Non mi ero accorta di questa coincidenza. Ma com'era possibile che aver aperto il ciondolo avesse fatto comparire Marco, o chiunque altro, nella mia vita?

Lo aprii e guardai il simbolo all'interno. *Cosa volevi dirmi, mamma? Perché mi hai fatto aspettare per vedere questo? Non ci capisco nulla.*

"L'hai aperto!" Esclamò Kylie, mettendosi seduta dritta. Giusto. Non la vedevo da quando l'avevo aperto per la prima volta. Si avvicinò e lo prese per osservarlo bene.

"Immagino che quel disegno non voglia dire nulla per te," dissi.

"No. Dovrebbe?"

"Non lo so." Un'altra domanda da aggiungere al lungo elenco.

In questo momento il ciondolo non mi stava dando nessuna certezza. Invece, infilai la mano in tasca e toccai lo specchietto rotondo che avevo preso al piano di sopra. Lo tirai fuori e passai il pollice sulla fredda superficie lucida. I miei nervi si calmarono un po'.

Non mi piaceva ricordare tutti i piccoli furti che avevo commesso quando ero più giovane, ma il fatto stesso di *prendere* quello che volevo, quando volevo, mi dava ancora un senso di controllo. E in questo momento ne avevo davvero bisogno.

Arrivò una terza auto. Le mie spalle si irrigidirono. Quante persone stavano arrivando? Tra quanto mi avrebbe coinvolta Marco in questa riunione che, apparentemente, riguardava me?

"Non siamo finite in qualche banda criminale, vero?" Chiese Kylie. "Tua madre ti ha mai dato l'impressione di essere parte di qualcosa di losco?"

Il mio stomaco si contrasse al pensiero. "Immagino che sia possibile," dissi. "Eravamo quasi sempre insieme, ma lei viaggiava, e magari gestiva delle cose al telefono." Sembrava sempre tesa e un po' triste quando tornava a casa. Ancora di più con gli altri. "Per lei era fondamentale che mantenessimo un profilo basso. Non dovevamo fare nulla che attirasse l'attenzione. Ma da come si comportava, sembrava più preoccupata per *me* che per lei."

E da quello che ricordavo, non mi dava la sensazione di quel cinismo tipico di tutti i criminali che avevo incontrato. Quello che probabilmente io stavo lasciando trasparire ora, anche se ormai mi ero lasciata alle spalle quella fase della mia vita.

Sentimmo delle voci da dietro la porta. Mi rimisi lo specchietto in tasca. La tensione mi fece venire la pelle d'oca, ma al tempo stesso sentii il brivido del desiderio – quello che avevo avvertito la prima volta che avevo visto Marco – attraversare il mio corpo ancora più intensamente.

Era arrivato il momento. Finalmente, era arrivato il momento. Per cosa, non lo sapevo. Ma il mio corpo ne era sicuro.

Marco aprì la porta. Inclinò la testa con un ironico sorriso di scuse. "È arrivata la banda." Poi entrò, lasciando la porta aperta così che gli ospiti potessero seguirlo.

Solo pochi minuti prima stavo dicendo a Kylie che non avevo mai visto un ragazzo bello come Marco. Ora, all'improvviso, avevo davanti a me *quattro* uomini incredibilmente belli.

Marco camminò tranquillo per la stanza e si fermò dietro una poltrona, appoggiando gli avambracci muscolosi sullo schienale curvo. Il ragazzo che entrò dopo di lui era ancora più atletico, aveva ampie spalle ben definite e il petto muscoloso, che irrobustiva la sua alta figura. I suoi scuri occhi marroni erano di un colore ancora più intenso dei capelli nocciola.

Lo sguardo di Mister Muscolo puntò dritto verso di me, seguito da un sorriso cordiale. Un brivido percorse la mia pelle. Attraversò la stanza in pochi passi, calmi e sicuri, e si fermò accanto a Marco, con gli occhi ancora incollati su di me.

L'ospite successivo entrò con passo più veloce. Era più tarchiato, ma aveva anche lui spalle ampie e una mascella incredibilmente marcata. La grazia regale della sua camminata lo faceva sembrare alto quanto gli altri. La luce che entrava dalla finestra fece brillare d'oro i suoi capelli chiari, come se fossero quelli di un principe della Disney. Si fermò in mezzo alla stanza, guardandomi con limpidi occhi blu che sembravano al tempo stesso speranzosi e indagatori.

L'ultimo ospite entrò con un fare circospetto che attirò la mia attenzione. Per *cosa* era preoccupato? Si fermò proprio all'ingresso della stanza e si appoggiò contro lo stipite, incrociando le braccia sul suo petto snello e tonico. Anche se non sembrava più vecchio degli altri, forse poco più che venticinquenne, i suoi capelli ramati sfumavano in fili argentei, che gli cadevano poco sotto le orecchie. Davano un'aria leggermente mistica ai suoi tratti incantevoli ma duri. Quando finalmente mi guardò, i suoi occhi verde foresta erano così penetranti che mi immobilizzai.

Il mio cuore accelerò di nuovo. Erano qui. Non capivo perché fosse importante, ma ogni singolo nervo nel mio corpo stava tremando per l'emozione. Riuscivo a malapena a respirare.

Kylie mi lanciò uno sguardo che diceva *Riesci a credere a questo spettacolo?*

No. No, non ci riuscivo. Eppure, eccoli qui.

Ed erano *miei*.

Da dove era arrivato questo *strano* pensiero? Corrucciai il viso, ma prima che riuscissi a comprendere il turbinio di pensieri ed emozioni dentro di me, Marco raddrizzò la schiena. Mi lanciò uno sguardo d'intesa, come se sapesse esattamente cosa stava succedendo nella mia testa.

"Eccoci qui," disse con la sua parlata languida. "Gongolo, Pisolo, Dotto e Brontolo, al tuo servizio."

Il ragazzo circospetto vicino alla porta – a cui il nomignolo "Brontolo" calzava piuttosto bene – si voltò per guardare male Marco. Il padrone di casa ricambiò con un grande sorriso. "Perdonatemi. Sai già il mio nome, Ren. Lascia che ti presenti Nate, Aaron e West."

"*Ren?*" Ripeté Brontolo–West incredulo. Nonostante ciò, sentire pronunciare il mio nome dalla sua tenue voce gutturale scatenò un brivido lungo la mia schiena.

"Lei preferisce essere chiamata così," disse Marco.

Pisolo–Nate annuì. "Se è questo che vuole, la chiameremo così." La sua profonda voce baritonale era calda come il sorriso che continuava a rivolgermi. Wow, sentivo le farfalle nello stomaco. Tutta questa sensualità in una sola stanza mi stava mandando in sovraccarico ormonale.

Il mio principe della Disney, Aaron, si mosse cauto verso di me. Non sapevo bene perché Marco l'avesse chiamato Dotto. Forse perché i suoi occhi blu avevano un'espressione così pensierosa che sembrava mi stesse scrutando attraverso una lente.

"Da quello che ci ha detto Marco, hai molti dubbi," disse. La sua voce era calma e flebile, ma piacevolmente roca. "Magari potresti iniziare a dirci cosa sai. Com'è stata la tua vita? Che cos'hai fatto?"

"Mi vengono in mente un sacco di cose che *vorrei sapere io* ora," sussurrò Kylie. Eppure, per qualche ragione, stare nella stessa stanza con quei quattro ragazzi mi faceva sentire più rilassata, invece che a disagio. Non li conoscevo – erano degli estranei. Perché mi sembrava non esistesse posto più sicuro al mondo che proprio lì con loro?

Quello strano senso di appartenenza mi spinse a parlare.

"Ho sempre vissuto qui – a New York, intendo – da quando avevo cinque anni," dissi. "Perlopiù… perlopiù con mia madre. Siamo sempre state noi due, da sole. Mi ha fatto studiare a casa con lei, giravamo per la città, ma non abbiamo mai parlato con nessun altro."

"Quindi mangiavi, dormivi, studiavi e ti svagavi un po'. Nient'altro di strano?" Chiese Aaron.

Stava cercando di carpire qualcosa di specifico, ma non

sapevo cosa. "No, a parte il fatto di dover stare sempre da sole. Nulla che mi venga in mente, almeno."

"Tranquilla." Mi fece segno di continuare. "Ma a un certo punto, qualcosa è cambiato?"

"Beh, come ho detto a Marco, mia mamma ogni tanto faceva dei viaggi. Quando avevo quattordici anni, partì, e non fece più ritorno."

Esitai, sentendo la gola che si stringeva. Avevo avuto sette anni per superare la perdita, ma continuava a fare male come all'inizio. Non sapevo nemmeno se essere furiosa con la mia mamma o piangere la sua scomparsa. Mi aveva abbandonata per scelta o le era successo qualcosa in viaggio, ovunque lei fosse?

"Sei stata da sola per sette anni?" Chiese Nate, scuotendo la testa. "Dev'essere stata dura."

Avvertii il bisogno di andare da lui e lasciarmi avvolgere dalle sue braccia robuste. Ma come faceva a sapere che erano passati sette anni da quando ne avevo quattordici? Forse l'assistente di Marco aveva sentito la conversazione al bar sul mio ventunesimo compleanno?

"All'inizio andava tutto bene," dissi, sentendo il dovere di difendere mia madre – anche se nessuno l'aveva apertamente criticata. "Mia madre era proprietaria dell'appartamento in cui vivevamo. Avevamo un conto in banca condiviso, con risparmi sufficienti a pagare la spesa e le bollette. Potevo farcela. Ma poi, il custode capì che vivevo da sola. Chiamò i servizi sociali e la polizia. Non potei più restare lì. Iniziarono a tracciare il conto in banca, così dovetti smettere di usarlo."

Sentii la mia voce affievolirsi, abbassai lo sguardo. Non volevo parlare del resto, della mia vita per strada, delle alleanze a cui dovetti sottostare per sopravvivere. "*Quello* è stato difficile. Non vi serve sapere altro. Ma ho trovato il modo di uscirne. Il mese scorso io e Kylie abbiamo preso un appartamento tutto nostro. Lavoro in un magazzino. Sto bene."

La mia mano aveva stretto in autonomia il medaglione. Il mio pollice giocherellava con la chiusura, aprendola e chiudendola.

West serrò la mascella. Lo sguardo di Aaron scattò verso la mia mano. "Quella collana," disse. "Te l'ha data tua madre?"

"Sì. Proprio prima di partire per l'ultima volta." Uno stranissimo presentimento prese forma in me: non avevo bisogno di dirgli che non l'avevo mai aperto fino a ieri. Loro sapevano già qualcosa al riguardo.

"Aaron è un po' una gazza ladra," scherzò Marco. "È attratto da tutto ciò che luccica."

Aaron lo ignorò e fece un altro passo in avanti, come se volesse chiedermi di guardarlo meglio. Le mie dita si strinsero attorno al ciondolo. Kylie prese l'altra mia mano, stringendola con fare rassicurante.

"Quello che *io* vorrei sapere," disse West, con gli occhi ancora socchiusi, "è cosa ricordi della tua vita prima di venire a New York."

Prima. Il mio battito si fece irregolare e sentii la gola secca. Non sapevo perché, non c'era nulla di spaventoso nel mio passato. Dissi la verità: "Non ricordo nulla." La voce mi uscì tremolante, così mi fermai per calmarmi. "So che prima vivevamo in un altro posto, ma... non ho nessun ricordo. Io e mia madre non ne abbiamo mai parlato."

Avevo provato a chiederglielo, una volta, quando avevo dieci anni. L'espressione di mia madre era diventata così tesa e rigida che avevo iniziato a vergognarmi ancora prima di finire la domanda.

Non devi pensarci, aveva detto. *Non per molto, molto altro tempo.*

"Quindi non ne hai la più pallida idea," iniziò a dire West. Prima di poter finire la frase, Nate si voltò verso di lui.

"Lasciala in pace," ringhiò. "So che come me puoi sentire che sta dicendo la verità. Pensi davvero che sia giusto buttarle tutto addosso in una volta sola?"

West si ammutolì, ma guardò in cagnesco l'amico più muscoloso. Marco ridacchiò, come se trovasse divertente il loro battibecco.

"Non capisco," dissi, sedendomi un po' più dritta. "Continuate a parlare come se ne sapeste più di me – su me, su mia madre. Cosa sta succedendo? E perché siete tutti *qui*?"

E perché mi fate venire voglia di saltare addosso a tutti voi contemporaneamente? Già, era meglio tenere questa domanda per me.

Il tono di Aaron rimase calmo e piatto. "Ti conoscevamo, tanto tempo fa," disse. "Prima che ti trasferissi in città, quando eravamo tutti bambini. Il fatto che non lo ricordi… Suppongo che tua madre abbia represso quei ricordi per aiutarti a non farti scoprire."

"Farmi scoprire per *cosa*? E cosa intendi con 'represso'? Parli come se mi avesse fatto un incantesimo o qualcosa del genere."

Mi scappò una risatina, ma i ragazzi non lo trovarono

divertente. Si scambiarono uno sguardo. Aaron si passò una mano tra i capelli dorati. "Si potrebbe dire così."

"Diciamo solo che tua madre non ti ha detto *molte* cose," commenta Marco.

Nate fece un passo verso di me. La forte energia protettiva della sua presenza investì il mio corpo, tranquillizzandomi. "C'è una cosa che devi sapere su di noi, e su di te," disse.

"Aspetta," lo interruppe West. "Se dobbiamo trattarla con i guanti di velluto, va bene. Ma non serve che quella lì ascolti. Non c'entra nulla in questa conversazione." Indicò Kylie.

Le mie dita si strinsero attorno a quelle di Kylie. "La mia migliore amica rimane. Non si discute."

"Non penso che discuterne ti porterà lontano," disse Marco. "Ci ho già provato una volta."

"Già," disse Kylie. "Non mi muovo da qui."

West fece una smorfia, ma Nate alzò la mano. "Se Ren si fida, allora possiamo fidarci anche noi. I ricordi di Ren non hanno nulla a che vedere con la sua consapevolezza emotiva."

"Svelare la verità a chi non è un nostro simile va contro le regole," specificò Aaron. "Ma penso che, solo per questa volta, possiamo fare un'eccezione."

"Potreste smetterla di discutere su se potete dirlo o no e andare avanti?" Scoppiai. "Qual è il grande segreto? Chi non è un vostro simile? Che diavolo—"

Quando Nate si avvicinò, mi zittii. Si sedette sulla sedia accanto a Marco, al lato opposto del tavolino rispetto a me. Più si avvicinava e più volevo stare vicina a lui, ma rimasi immobile al mio posto sul divano. La sua voce era calma come prima, ma l'espressione nei suoi profondi occhi marroni era solenne.

"Ren, tua madre ti ha fatto credere che foste persone normali, ma non lo siete. E nemmeno noi. Non siamo per nulla umani. Siamo mutaforma."

5

Ren

Quando Nate smise di parlare, per alcuni secondi non potei fare altro che guardarlo a bocca aperta. "Mutaforma," ripetei. "Che cosa vuol dire? In che senso non sono umana? In che senso *voi* non siete umani? Guardaci!"

"È proprio questo il punto, principessa," disse Marco con delicatezza. "*Sembriamo* umani, ma quando ci va, possiamo trasformarci. In qualcosa di diverso."

"Qualcosa di diverso *tipo*?"

"Dipende dallo spirito animale connesso alla nostra anima," disse Aaron. "È diverso per ognuno di noi. Ma abbiamo dei poteri anche quando siamo in forma umana. Per esempio, sono sicuro che avrai notato di essere più forte, più veloce e più agile di chiunque altro a parità di forma fisica."

Il mio cuore saltò un battito. Ero diventata la migliore ladra di Fisher perché le mie agili dita potevano agguantare oggetti di valore senza che le vittime se ne accorgessero. Il responsabile del magazzino si era bloccato a fissarmi, quando gli avevo mostrato la facilità con cui potevo muovere le scatole pesanti. Come faceva Aaron a saperlo?

Oh. Perché se stava dicendo la verità, lui e gli altri tre ragazzi nella stanza erano proprio uguali a me.

"Oddio!" Esclamò Kylie, inclinando la testa per guardarmi. "Ha assolutamente ragione. Conosco atleti di livello che non riescono a muoversi come te. Ho sempre pensato che fosse semplicemente una tua caratteristica fantastica. Ma i poteri soprannaturali… hanno decisamente senso." Dalle sue parole trapelava un accenno d'ironia. Non ci credeva del tutto. Si voltò verso Aaron, con i suoi occhi grigi luccicanti. "Potrebbe essere anche sensitiva? Giuro che a volte sa cose sulle persone che sarebbe impossibile per lei sapere."

"Ky," protestai – ma era vero. Sapevo esattamente dove colpire per far allontanare quel tizio al bar. Captavo costantemente le emozioni delle persone.

"Anche questo fa parte del tuo lato animale," disse Nate, ma ero così agitata che nemmeno la sua voce calda poteva calmarmi.

Aaron annuì. "L'istinto di leggere il linguaggio del corpo, i feromoni nell'aria… I nostri sensi si estendono ben oltre ciò che un normale umano può avvertire. E abbiamo la sensazione che tu sia particolarmente sensibile."

Alzai le mani. "Okay. Magari per certe cose sono un po' strana. Ma di sicuro non ho un 'lato animale.' Non mi sono mai nemmeno 'trasformata' in qualcosa. Questo è l'unico corpo che abbia mai avuto. Sono piuttosto sicura che mi sarei accorta se si fosse mai deformato diventando qualcosa di completamente diverso."

"Aspetta," disse Kylie. "Avevo dimenticato questa parte. Vi trasformate in *animali*. Ma stiamo parlando di lupi mannari e roba simile?" Scoppiò a ridere, dandomi delle pacche sulla spalla. "Ren, sei un lupo mannaro! È fantastico."

"Non un lupo mannaro," mormorò West, ancora poggiato allo stipite della porta. "Gli umani non hanno idea di cosa parlano nelle loro storie dell'orrore."

"Siamo onesti," disse Marco. "Ci sono delle somiglianze. Ma possiamo avere molte più forme del classico lupo. E in realtà non ci serve la luna piena. Quando vogliamo cambiare, lo facciamo." Schioccò le dita.

"Vi rendete conto di quanto tutto questo sembri folle, vero?" Dissi loro. "Di nuovo, vi ripeto che non mi sono mai trasformata in nessun tipo di animale. Né un lupo, né un pesce rosso, nulla."

"Potrebbe essere per un paio di motivi," rispose Aaron. Un entusiasmo da intellettuale pervase la sua voce pacata. Dondolò sui piedi, sembrando ancora di più un professore – uno davvero molto, molto sexy. Questi argomenti erano chiaramente il suo forte. "Se i tuoi ricordi di essere una mutaforma sono stati soppressi, non hai mai potuto pensare di esercitare questi poteri. Potresti averne avvertito il desiderio, ma senza sapere cosa volesse dire."

Sentii la schiena irrigidirsi. Quella sensazione di artigli che avvertivo nel petto quando ero in preda alla rabbia – o altre emozioni forti. Come se ci fosse qualcosa dentro di me che scavava per uscire…

"E," proseguì Aaron, "i nostri poteri si sviluppano completamente solo al ventunesimo compleanno. Anche se fossi stata pienamente consapevole di chi e cosa sei, sarebbe stato molto difficile trasformarti e mantenere la trasformazione a lungo. Quindi ha senso che non sia successo automaticamente."

Nate si abbassò e appoggiò la sua grande mano sul divano, a pochi centimetri dal mio braccio. "Prima di partire, tua madre ha detto qualcosa in merito al tuo ventunesimo compleanno? Ti abbiamo trovata grazie a una scia della sua magia che abbiamo iniziato ad avvertire ieri. Immagino che volesse farti tornare dai tuoi simili."

Kylie spalancò gli occhi. "La tua collana."

Strinsi il ciondolo. "Mi diede questo subito prima di partire. E mi disse di non aprirlo fino al mio ventunesimo compleanno. Vuoi dire che *è* un qualche tipo di magia?" Dopo tutto quello che avevano già detto, non sembrava così assurdo. Beh, in realtà, sembrava tutto egualmente assurdo.

West doveva aver avvertito l'incredulità nella mia voce, forse perché lui stesso era un esperto di scetticismo. "Siamo tutti qui, no?" disse. "Credimi, sarebbe stato tutto più semplice se ti avessimo trovata prima."

"No." Scossi la testa. "È tutto troppo folle. Sta succedendo qualcosa di strano, ve lo concedo. Ma le persone non si trasformano in animali. Mia madre non era una strega."

Lo sguardo di Kylie saettò tra i quattro ragazzi, mentre con le gambe dava dei colpetti alla base del divano.

"Sarebbe piuttosto semplice per voi dimostrare che quello che dite è vero, giusto? Avete detto che non vi serve la luna piena. Ottimo! Mostrateci una trasformazione, proprio qui, ora. Il vostro impaziente pubblico sta aspettando." Gli fece un sorriso.

Aaron esitò. "Normalmente non ci riveliamo davanti a chi non è un nostro simile."

Agitai una mano per scacciare le sue parole. "Oh, per favore. Se state dicendo la verità, vi siete già 'rivelati'. Almeno con Kylie qui con me, posso essere sicura di non avere le allucinazioni." Anche se le allucinazioni collettive esistono, vero? Beh, me ne sarei preoccupata solo se questi ragazzi avessero davvero iniziato a trasformarsi in animali davanti a noi.

"Lo farò io," disse Nate, alzandosi. "Altrimenti come faremo a convincerla?"

Si sfilò la maglietta, rivelando un petto ancora più muscoloso di quanto mi ero immaginata. Poi spostò la mano verso la cerniera dei jeans. Sentii la mascella cadermi fino a terra.

"Oh. Ehm…" Il calore mi tinse il viso mentre Nate sgusciava fuori dai pantaloni.

Marco ridacchiò. "Scoprirai che i mutaforma non si fanno gli stessi problemi degli umani a spogliarsi. Fa parte della nostra natura."

Il notevole gonfiore nei boxer di Nate mi diede una chiara anteprima della suddetta natura. Distolsi lo sguardo. Non avevo mai visto un ragazzo nudo, non di fronte a me. Non uno sconosciuto che avevo appena incontrato.

Kylie non si faceva gli stessi scrupoli. "Ti stai perdendo

la parte migliore dello spettacolo, Ren!" Disse, guardando con avidità. Poi la sua espressione si pietrificò. La sua voce si fece flebile. "Santo cielo."

Ritornai a guardare. Non avrei mai creduto che la mia bocca potesse spalancarsi ancora di più.

Davanti ai nostri occhi, il corpo di Nate… si stava trasformando. Non c'era modo migliore per dirlo. I capelli castano scuro sulla sua testa si stavano diffondendo verso il basso coprendolo tutto, fino a diventare una folta pelliccia. Il suo torso si allargò, il collo e le cosce divennero più grossi. Il suo viso si allungò in un muso stretto.

La trasformazione modificò il suo corpo nel tempo a me necessario per sbattere le palpebre. Credevo che quel tipo di trasformazione sarebbe stata dolorosa, ma era sembrata completamente naturale. Quasi… bella. Una fitta di desiderio esplose dentro di me, dal petto al ventre.

Desiderio e identificazione. Sì, persone come loro erano destinate a fare questo.

Persone come *noi*.

E ora un maestoso orso grizzly, ritto sulle zampe posteriori, si ergeva su di me. La sua testa quasi sfiorava le luci sul soffitto.

No, non un orso – *Nate*. Anche se il mio cuore batteva velocissimo, sapevo che era lui. Si abbassò sulle zampe anteriori, così che fossimo allo stesso livello. I suoi occhi marrone scuro erano gli stessi di quando mi aveva guardata con il suo viso umano dai tratti marcati. Occhi caldi. Protettivi. Il senso d'identificazione dentro di me mi spinse verso di lui. Alzai una mano, piegando e allungando le dita.

L'orso fece un passo cauto verso di me, abbassando la

testa così che potessi toccare la pelliccia dietro le sue orecchie tonde. Era ruvida, ma piacevolmente spessa al tatto. Sentii l'improvviso desiderio di affondare il viso nel suo collo, godendomi appieno quella sensazione e il suo profumo muschiato e speziato. Di sentire il suo calore protettivo attorno a me.

Era un grosso predatore, ma non mi avrebbe mai fatto del male. Non avrebbe nemmeno lasciato che qualcuno me ne facesse. Lo sapevo, proprio come sapevo che l'idiota al bar la sera prima era arrabbiato con la sua ex.

"Ecco," disse West. "Hai avuto la tua dimostrazione."

"Tutto questo–" Kylie ridacchiò, con fare leggermente isterico. Non l'avevo mai vista senza parole prima di allora. Aprì e chiuse la bocca diverse volte, prima di riuscire a parlare di nuovo. "Oddio. È vero. Voi davvero–" Rise di nuovo.

Perché non ero altrettanto scioccata? Il primo sguardo mi aveva stupita, ma ora sentivo solo ammirazione e un profondo senso di familiarità.

Forse sapevo già che era tutto vero, dentro di me, anche quando la mia mente si era rifiutata di accettarlo. Deglutii a fatica e alzai lo sguardo da Nate agli altri ragazzi.

"Nate è un orso. Voi cosa siete?"

"Un giaguaro," disse Marco. "Non sono grosso quanto Nate, ma compenso in altri modi." Fece un sorrisetto.

"Io sono un'aquila," disse Aaron. Guardò West. Visto che il burbero ragazzo restava in silenzio, Aaron aggiunse, "E West *è* davvero un lupo. La maggior parte dei mutaforma appartiene a una delle quattro famiglie. Canidi, felini, volatili e, beh... tutto il resto." Indicò uno alla volta West, Marco, se stesso e Nate, facendo un sorriso alla fine. "Noi siamo i capi di ogni famiglia. Gli alfa, come diciamo noi."

"Questa è davvero la cosa più incredibile che mi sia mai successa," disse Kylie. "Quindi quando potremo vedere anche le altre 'trasformazioni'?"

"Non mi esibisco a comando," rispose West stizzito. Ma aver visto Nate era sufficiente. Ero convinta. Di tutto, tranne dell'ultima parte, la più importante. Nate diede un colpetto con il muso al mio braccio, e io lo accarezzai automaticamente dietro le orecchie, cercando il coraggio per porre la domanda che, sapevo già, avrebbe sconvolto la mia vita.

Poteva davvero essere sconvolta ancora più di così? Dovevo saperlo.

Presi fiato. "Va bene. Ora sappiamo tutto di voi. Magari potete dirmi… cosa sono *io*?"

Vidi lo sguardo che si scambiarono Aaron e Marco, e mi preparai. Non sembrava un buon segno. Sulle labbra di Marco apparve il solito sorriso sghembo.

"Tu, mia Principessa del Fuoco, ci fai sembrare delle nullità. Tu sei un drago."

6

La ragazza stava fissando Marco come se non riuscisse a capire neanche una parola di quello che le stava dicendo. Era davvero all'oscuro di tutto? Com'era possibile che in sedici anni non avesse mai avvertito il potere dentro di lei, anche se la madre aveva cancellato i suoi ricordi? Facevo ancora fatica a crederci.

"Un *drago*?" Farfugliò. Nate, ancora in forma di orso, si spostò all'indietro mentre lei si alzava in piedi. "Mi prendi in giro?"

"Per quanto mi piaccia scherzare, in questo preciso momento sono assolutamente serio," disse Marco.

Ren – con tutti i nomi che avrebbe potuto scegliere, il suo sembrava più adatto a un piccolo uccellino delicato – scacciò le sue parole agitando una mano. "Almeno gli orsi, i lupi e gli altri sono animali *veri*. I draghi neanche esistono."

La sua incredulità, vera o finta che fosse, era incredibilmente irritante. Mi obbligai a superare la soglia della porta e feci qualche passo deciso verso di lei. "Senti, l'hai chiesto tu. Questa è la risposta." Lasciai vagare il mio sguardo oltre il suo corpo esile ma tonico. "Anche se devo riconoscere che, in questo momento, sembra che in te ci sia tanto fuoco quanto in uno sbuffo di scintille."

Si voltò per guardarmi male, e vidi in lei un guizzo di potere. Un bagliore nei suoi intensi occhi marroni. Accese ogni centimetro della mia pelle, come se un'intera doccia di scintille mi avesse ricoperto.

Cavolo. L'unica cosa più fastidiosa della sua sconcertante vita umana era la forza con cui il mio corpo le rispondeva, indipendentemente da cosa pensassi. La stavo aspettando da troppo tempo.

Ma la mia compagna non doveva essere così. Avrebbe dovuto essere *potente*, più forte di tutti noi. Non fuggire dal pericolo e rintanarsi tra gli umani per sedici anni. Non sapevamo se erano rimasti dei mutaforma draghi. Non sapevamo cosa potesse tenerli lontano da noi. A quanto pareva, era solo paura.

Che cosa credeva di fare sua madre, facendola tornare da noi senza sapere chi fosse o quale ruolo avrebbe dovuto ricoprire?

Ren fece un passo verso di me e il suo profumo, dolce come le fragole con la panna, fluttuò verso di me. Era sufficiente a farmi eccitare. La sua espressione era tutto fuorché dolce. Puntò il dito contro il mio petto, timida al pensiero di sfiorare la stoffa sottile della mia maglietta.

"Sto facendo del mio meglio, okay, osso duro?" Disse, la luce nei suoi occhi ora sparita. "Provaci tu a vedere il tuo mondo totalmente capovolto nel giro di un'ora e vediamo come te la cavi."

A essere precisi, il mio mondo si era capovolto nell'istante in cui avevo avvertito da lontano il primo fremito di magia da drago. Ma questo con lei non l'avrei ammesso, soprattutto non quando sulle sue labbra era apparso un sorrisetto.

"E ora puoi riavere il tuo orologio," disse. Lo spesso bracciale di metallo pendeva dalle sue dita. Ma che cavolo? Mi guardai il polso – che, in effetti, ora era nudo. Me l'aveva *rubato*?

La risata melodiosa di Marco risuonò nella stanza, i suoi occhi blu scintillavano. "Non sai che non bisogna infastidire i draghi?"

Mi ripresi l'orologio dalla mano di Ren, ignorandolo. I felini non sapevano mai come farsi gli affari loro.

"Non avevo nemmeno *notato* che gliel'aveva tolto," disse Aaron con la solita ammirazione da studioso. Probabilmente era già eccitato per il solo fatto di poter parlare da vicino con un drago, invece di doversi affidare solo ai documenti antichi di cui gli piaceva tanto parlare.

La mossa di Ren, forse, era stata vagamente notevole. Mi allacciai l'orologio attorno al polso e la guardai. Ora che aveva guadagnato un po' più di sicurezza, riuscivo quasi a immaginare l'energia del drago dentro di lei. I suoi occhi brillavano ancora; le onde castano scuro dei capelli le fluttuavano sotto le spalle, come fossero appena state scosse dal vento. Che drago avrebbe potuto essere, dunque?

Morivo dalla voglia di saperlo. Incrociai le braccia sul petto. "Va bene, Scintilla. Sai fare qualche trucchetto. Vuoi scoprire come sono davvero i draghi? Trasformati adesso e lo scoprirai."

Ren

Gli occhi verdi di West erano colmi di sfida. La spavalderia che ero riuscita a racimolare vacillò. "Non so come fare. Non ne ho la più pallida idea. Non mi hai ascoltata prima?"

Lanciai un'occhiata a Nate, l'unica persona che avevo mai visto 'trasformarsi', e scoprii che era tornato alla sua forma umana. Si stava infilando i jeans, il suo petto scolpito era ancora nudo. La sola vista m'investì con un'ondata di calore. Ma se bisognava fare così…

Incrociai le braccia e afferrai la maglietta con le dita.

"Non serve spogliarti," disse Aaron dolcemente. "È improbabile che tu riesca a completare la trasformazione al primo tentativo. E in caso dovessi riuscirci," – fece cenno con la testa verso Marco – "sono sicuro che il padrone di casa abbia un sacco di vestiti sparsi per casa da prestarti."

Marco fece spallucce. Sotto la frangia spettinata di capelli neri, i suoi occhi blu indaco sembrarono all'improvviso affamati. Luccicavano più dello zaffiro al suo orecchio. "I miei simili vanno e vengono di continuo. Le camere sono sempre ben fornite."

"Okay, okay," dissi. "Ma *cosa* devo fare?"

"Beh, intanto, per sicurezza," disse Marco, "penso che dovremmo spostare la festa all'aperto, vista la taglia media dei draghi. Preferirei non trasformare questa stanza in un cumulo di macerie."

"Va bene." Non sapevo bene cosa avrebbero pensato i vicini se mi fossi improvvisamente trasformata in una gigantesca creatura mitologica, ma soprattutto continuavo a non credere che ciò fosse possibile.

Kylie si alzò in piedi di colpo. "Questa non me la perdo!"

Marco attraversò la stanza. Lo seguimmo tutti a passo deciso.

Non appena misi piede in giardino, capii come mai non era preoccupato dai vicini. Il piccolo prato erboso era circondato su tutti i lati da alti pini.

Camminai fino a raggiungerne il centro. I ragazzi formarono una fila per guardarmi, mentre Kylie si muoveva su e giù sulle punte dei piedi al loro fianco.

"Chiudi gli occhi," disse Aaron. "Guarda dentro te stessa. Prova a sentire l'essenza che scorre dentro di te, il cuore della tua natura. Poi afferrala e liberala. Vorrà uscire. Ti aiuterà."

West aveva sbuffato sentendo quelle istruzioni, ma per quanto sembrassero assurde, ero convinta di sapere cosa intendesse Aaron. *Avevo sentito* l'essenza scorrere dentro di me prima di quel momento – gli artigli che grattavano sotto il mio petto.

Come se ci fosse una sorta di bestia in attesa di essere liberata. Ma un drago? Sul serio?

Stavo per scoprirlo. Inspirai profondamente e chiusi gli

occhi, come mi era stato detto. Eccolo, mi stava aspettando. Quell'acuto formicolio che mi raschiava le mie costole. Volevo farlo uscire. Mi concentrai su quella sensazione. *Dimmi cosa fare. Dimmi di cosa hai bisogno.*

Un fremito mi sollecitò i muscoli. Si contrassero, come se stessero cercando di dilatarsi. All'improvviso, la mia pelle sembrò stretta. Il formicolio si fece più forte, come se volesse esplodere…

Poi si spense, rifiutando la mia volontà. Corrucciata, chiusi più forte gli occhi. *Andiamo. So che lo vuoi.*

Un intenso tremore mi percorse la spina dorsale. Provai a trattenere saldamente quell'impeto dentro di me, come mi aveva suggerito Aaron, ma non ci riuscii.

Le mie spalle cedettero. Vacillai, completamente esausta. Mi strofinai gli occhi, poi li aprii. Per quanto tempo ci avevo provato? Probabilmente qualche minuto, ma mi pareva di aver appena corso una maratona.

I ragazzi mi stavano ancora studiando: West con la solita espressione cinica, Aaron era confuso, Marco stava riflettendo e Nate era preoccupato. "Stai bene, Ren?" Chiese il mutaforma orso.

"Sì," dissi. "Sì." Ma quando feci un passo verso di loro, le mie gambe tremarono. Kylie corse verso di me. "Non capisco. L'ho *sentito*, ma sembrava che non volesse uscire…"

Aaron corrucciò ancora di più le sopracciglia. "Tua madre potrebbe aver represso non solo i tuoi ricordi, ma anche i tuoi poteri. Per ridurre il rischio che si manifestassero inaspettatamente. Ma non posso credere che l'abbia fatto in modo permanente. Deve averti lasciato un modo di accedervi di nuovo."

"Non hai mai avuto notizie da lei in questi sette anni?" Chiese West. "Nemmeno un messaggio?"

Scossi la testa. "Nulla. Non so nemmeno dove stesse andando. Mi diede solo il medaglione." Lo aprii e scrutai il simbolo simile a una fiamma al suo interno. "Significa qualcosa per voi?"

Porsi loro il medaglione per mostrarglielo. Dopo un'occhiata veloce, gli altri si voltarono verso Aaron, a cui probabilmente facevano riferimento per argomenti che di solito erano oggetto di ricerche approfondite. Lui osservò l'incisione, ma la confusione sul suo viso non sparì.

"No," disse. "Mi dispiace."

"Non avrebbe inciso questo simbolo nel medaglione se non fosse stato importante, giusto?" Disse Nate. "Deve avere un significato."

"Potrebbe essere qualcosa che lei sperava ci avrebbero detto gli ultimi alfa." Il sorriso di Marco questa volta sembrava più che altro una smorfia.

"Forse posso aiutarvi io," intervenne Kylie. "Potrei fare una foto e mostrarla in giro. Tra tutte le persone che conosco, magari c'è qualcuno che lo riconosce."

I ragazzi accolsero la proposta con scetticismo, ma non conoscevano ancora Kylie. "Certo," risposi. "Tanto vale provare."

Inclinai l'interno del medaglione verso la luce del sole, così che lei potesse scattargli una foto con il cellulare. Lo rimise in tasca e si passò le dita tra i capelli spettinati rosa fluo. "Visto che devo mettermi al lavoro, è meglio se mi avvio. Vuoi venire con me? Sai che non devi stare qui con loro se non sei ancora convinta di tutto questo."

Non sapevo molte cose, ma se c'era una cosa di cui ero

sicura, era che nessuno di quei quattro ragazzi – mutaforma, qualsiasi cosa pensassi di loro – volesse farmi del male. E all'improvviso non ero più così sicura del mondo al di fuori di quella casa.

Perché mia madre era così spaventata? Da cosa ci stava nascondendo?

Non ero sicura di volerlo scoprire da sola. Oltretutto, tra la mia breve dormita sotto narcotici della notte precedente, le notizie folli che mi avevano scaricato addosso nell'ultima ora e i miei tentativi falliti di trasformarmi, l'unico posto in cui volevo andare era un letto.

"Sto bene qui," dissi. "Chiaramente, ci sono ancora troppe cose che devo imparare, e penso che nessuno possa aiutarmi eccetto i ragazzi. Scrivimi se scopri qualcosa." Mi voltai verso Marco. "Presumo che tu abbia il mio cellulare, da qualche parte."

Lui schioccò le dita. "Sapevo che stavo dimenticando qualcosa. Ho pensato fosse meglio parlare prima di restituirtelo, viste le circostanze."

"È questo che vuoi fare ora?" Chiese Nate. "Continuare a parlare con noi? C'è ancora molto che possiamo raccontarti."

Iniziai ad avvertire una pressione dietro la testa. Mi massaggiai il collo. "In realtà credo di aver bisogno di stare un po' da sola, se per voi va bene. Per elaborare tutto quello che mi avete già detto. E magari fare un pisolino. Vedere il proprio mondo capovolto è piuttosto stancante."

"La camera al piano di sopra sarà tua per tutto il tempo che vorrai," disse Marco. "Chiederò a Leonard di portarti il cellulare."

Mentre lui rientrava in casa, Kylie mi strinse in un abbraccio. "Giurami che stai bene qui," mi sussurrò all'orecchio.

Mi sforzai di sorridere. Non stavo esattamente *bene*, ma non era colpa di nessuno di loro. "Ho appena scoperto di avere dei superpoteri," risposi. "Come si fa a non essere felici?"

Lei rise e mi strinse per l'ultima volta. "Ti scrivo presto, con o senza novità."

La guardai superare velocemente gli alberi che circondavano la casa. I ragazzi mi seguirono dentro. West prese Aaron da parte per sussurrargli qualcosa; pensai si trattasse di qualche nuova lamentela su di me. Salii le scale insieme a Nate. Con la mano sfiorai il legno lucido del corrimano curvo. Sembrava che essere un mutaforma comportasse anche essere ricchi, almeno per alcuni. O forse era parte dell'essere 'alfa'.

"Anche tu vivi in un posto simile?" Chiesi all'orso.

Nate fece un gran sorriso. "Io e Marco abbiamo gusti molto diversi. E le nostre case appartengono più al nostro ruolo di alfa che a *noi*. Però ho alcune belle proprietà che mi piacerebbe mostrarti."

Al piano di sopra, ci misi un po' a trovare la stanza in cui avevo iniziato questa avventura. D'improvviso la vicinanza di Nate mi colpì, e mi fermai sull'uscio. Dentro di me si affacciò il pensiero di quanto mi aveva già mostrato di se stesso, e la sensazione di calore divenne più intensa.

Nate allungò una mano e scostò una ciocca selvaggia di capelli dalla mia guancia. Il suo tocco fece battere forte il mio cuore. "Sei sicura di voler stare da sola?" Chiese.

Di preciso, cosa mi avrebbe proposto se avessi detto di no? E volevo che me lo proponesse? Per un secondo, il mio corpo gridò forte la risposta: assolutamente no.

Ma io non ero solo un corpo, e la mia mente era troppo affollata per riuscire a prendere decisioni con lucidità in quel momento.

"Sono sicura," dissi. "Grazie."

Le sue dita si spinsero più a fondo tra i miei capelli e avvicinarono la mia testa alla sua. Con le labbra mi sfiorò la fronte, e il mio respiro si fermò. Fece un passo indietro, lasciandomi più accaldata di quanto fossi mai stata in vita mia. Deglutii a fatica.

"Prenditi tutto il tempo che ti serve," disse Nate, chinando la testa di lato. Marco apparve alle sue spalle, con in mano il mio cellulare.

"Come promesso," disse. Me lo passò, mentre Nate si avviava verso le scale. "Hai bisogno di qualcos'altro?"

"Non credo," risposi. Entrai nella stanza per dare un'occhiata, e Marco mi seguì. Beh, perché non avrebbe dovuto? Era casa sua, forse pensava che volessi chiedergli altro. Ma la sua vicinanza mi rese di nuovo difficile respirare. Il calore si stava diffondendo nelle mie vene.

Santo cielo, come potevo essere così eccitata – e per quattro ragazzi contemporaneamente? I mutaforma provocavano sempre questa reazione negli altri? Kylie non sembrava nemmeno lontanamente colpita quanto me. Forse era una cosa tra mutaforma.

Se mai avessi davvero accettato di esserne una.

"Nessuna lamentela?" Chiese Marco.

"No," risposi in sincerità. "È la casa più bella che abbia mai visto."

Mentre lo dicevo mi voltai verso di lui, e forse fu un errore. Lui rispose con il suo sorriso vagamente malizioso, guardandomi con la stessa fame che avevo notato prima. In risposta, il desiderio si liberò dentro di me e mi pervase il basso ventre.

Lui alzò la mano e tracciò con le lunghe dita il profilo del mio mento, facendo avvicinare il mio viso al suo. La sua languida voce divenne un sussurro. "E tu hai gli occhi più belli che abbia mai visto. Brillano così tanto che sono più ambra che marroni. Come il fuoco. Ci si potrebbe precipitare dentro."

"Precipitare nel fuoco?" Scherzai, in un debole tentativo di dissipare l'elettricità tra di noi. "Sembra piuttosto pericoloso. Meglio uscirne in fretta."

"Forse no," disse Marco. "Credo che sarebbe un modo molto piacevole di bruciare."

Come se le sue parole l'avessero scatenata, un'ondata di calore prese possesso del mio corpo. Marco avvicinò la testa ancora un po'. Prima di riuscire a controllarmi, premetti le labbra sulle sue.

Ricambiò il bacio con un gemito d'incoraggiamento. La sua bocca si muoveva sulla mia, calda e provocante, convincendo le mie labbra a schiudersi. La sua mano scivolò tra i miei capelli fino alla base del collo. Ovunque mi toccasse, mi sentivo *bruciare*.

Mi aggrappai alle sue spalle, come se così avessi potuto unire ancora di più le nostre bocche. Con la lingua accarezzava la mia, facendomi gemere. I miei fianchi si inarcarono verso i suoi. Con l'altra mano scese lungo il mio fianco, tracciando una scia di fiamme attraverso i miei vestiti.

Volevo togliermeli. Volevo lui sul letto, sopra di me, dentro di me. Volevo–

Ma che *diavolo* stavo facendo?

Mi allontanai di colpo da Marco. Il mio corpo protestò così forte che mi sembrava davvero di averlo strappato dal suo. Lui lasciò cadere la mano sul suo fianco. Mi guardò con gli occhi socchiusi, senza traccia di giudizi o accuse.

Era uno sconosciuto. L'avevo incontrato solo poche ore prima, dopo che mi aveva praticamente rapita. Era evidente, tutte queste chiacchiere sul soprannaturale mi avevano annebbiato la mente.

Ed ero stata *io* a baciare *lui*.

Sentii di nuovo salire il calore al viso, questa volta per l'imbarazzo. E, forse, ancora per il desiderio. Se non fosse intervenuto il buonsenso, sicuramente non sarei riuscita a fermarmi.

"Mi dispiace," dissi con voce roca. "Non volevo… non so se è normale per i mutaforma, ma decisamente non lo è per me."

"Sei tu a stabilire i limiti, Principessa del Fuoco," disse. "Sono pronto a prendere qualsiasi cosa tu ti senta pronta a dare, ma quando dici basta, è basta." Inclinò la testa verso il letto. "Perché non vai a goderti il riposo di cui hai sicuramente bisogno? Abbiamo ancora molto da fare."

7

Ren

Eravamo in un vagone privato – mia madre e io. Il pavimento vibrava sotto i miei piedi e il finestrino tremava. Stavamo fuggendo molto, molto lontano. Lontano dalla brutta cosa che ancora mi stringeva il petto, anche se cercavo di non pensarci.

Mia madre s'inginocchiò davanti a me e mi cinse le guance con le mani. I suoi occhi erano agitati come un cielo in tempesta.

"Ascoltami bene, Serenity," disse con voce strozzata. "Da qualche parte dentro di te, dove nessun altro può arrivare, devi ricordarti che sei un drago. Non scordarlo *mai*."

La guardai sbattendo le palpebre, ero piccola e confusa. "Certo che me lo ricorderò, mamma. Non posso *non* essere un drago."

Un sorriso triste apparve sulle sue labbra. "Oh, tesoro. Per un po', ho bisogno che te lo dimentichi. Almeno in superficie. Ma hai ragione, non potrai mai non esserlo."

Sollevò le mani e premette i palmi sulle mie tempie. La mia mente fu avvolta dall'oscurità. Quella scena si dissolse in un turbinio.

Stavo correndo con mia madre in una foresta, la sua mano stretta saldamente attorno alla mia. Così forte che faceva male. Il respiro mi bruciava in gola. I polmoni mi facevano male. Inciampai su una radice e lei mi sollevò subito. Correvamo e correvamo, e–

Ero accucciata dietro il grande vaso all'ingresso, in attesa di sentire delle risate di bambine. Il mio cuore batteva fortissimo. Questa volta sarei stata l'ultima a essere trovata. Sarei stata la regina del nascondino. Potevano anche essere più grandi di me, ma io–

Ero seduta nell'erba, il profumo del meliloto mi riempiva il naso, e stavo ridendo. Una figura saettò nel cielo azzurro sopra di me. Brillanti squame color bronzo, come i suoi occhi. Il battito di enormi ali soffiava su di me una brezza confortante. Battei le mani.

"Mamma!"

Aprii di colpo gli occhi e tornai al presente. Fissai per un secondo la parete davanti a me, mentre il sogno svaniva e mettevo a fuoco il mondo reale. Carta da parati verde menta con decori di fiori dorati. Un copriletto in velluto infilato fin sotto il mio mento. Un materasso incredibilmente morbido che mi accarezzava il corpo.

Di colpo i ricordi mi sommersero. La casa di Marco. I quattro mutaforma. La trasformazione di Nate in un orso. I commenti sarcastici di West. Le spiegazioni precise di

Aaron. Tutto quello che mi avevano detto. Il mio tentativo fallito di trasformarmi.

Le labbra di Nate che mi sfioravano la fronte. Quelle di Marco incollate alle mie.

Mi misi seduta e un'ondata di calore mi investì. Sì, era tutto reale. Ed ero ancora lì.

Spostai lo sguardo verso la finestra. La luce del giorno era ancora più pallida che al mattino, ma entrava dalla stessa angolazione. Come se fosse trascorsa una notte.

Oddio, avevo dormito per tutte quelle ore? Tutti quei sogni che vorticavano...

Mi fermai, stringendo il copriletto tra le dita. No, non erano solo sogni, vero? Erano reali, e il dolore pungente alla base della mia gola non faceva che dimostrarlo. Erano veri, tanto quanto quella stanza. Ricordi di quando ero bambina, prima che io e mia madre ci trasferissimo in città.

Di quando sapevo di essere un drago. L'avevo vista librarsi sopra di me, proprio com'era destinata a fare.

I quattro alfa mi avevano detto la verità. Mia madre aveva chiuso da qualche parte i miei ricordi. E subito prima, aveva praticamente ammesso che stava per farlo.

Ero un drago. Un *drago*.

Mi guardai le mani, alla ricerca di squame e artigli. No, quelle sembravano ancora dita umane perfettamente normali.

Mi ero mai trasformata? Non lo ricordavo. Non riuscivo a portare alla luce altri frammenti del passato, oltre a quelli che mi erano apparsi in sogno. Aaron aveva detto che potrebbe essere più difficile quando si è così giovani, e avevo solo cinque anni quando mia madre aveva soppresso quella parte di me.

Perché lo aveva fatto? Perché non si era fidata di me? Almeno prima di andarsene chissà dove…

La rabbia crebbe dentro di me, attanagliandomi il petto, ma un altro dolore si destò. Mi mancava così tanto. Non solo la mamma che ricordavo chiaramente, ma quella che avevo intravisto, selvaggia e potente. Più che una semplice umana.

L'avrei mai rivista?

Quella domanda era troppo grande per affrontarla da sola. Soprattutto quando avevo sprecato mezza giornata a riprendermi dalle rivelazioni di ieri. Strisciai fuori dal letto, mi stiracchiai e guardai in basso per darmi un'occhiata. Ormai erano due giorni che indossavo gli stessi vestiti. Iniziavano a dare la sensazione di lercio.

Marco aveva detto di avere parecchi vestiti a disposizione in casa. Aprii i cassetti del comò e ne trovai uno colmo di abiti da donna, ma più eleganti di quelli che indossavo di solito. Scelsi una camicetta di seta lilla e decisi che i miei jeans avrebbero potuto reggere un altro giorno, se tutto il resto era pulito.

Il giorno precedente, mentre cercavo la camera da letto, avevo visto un bagno. Camminai lentamente nell'atrio e sgusciai dentro. Con mio grande sollievo, notai che la porta poteva essere chiusa a chiave dall'interno.

Sentii la tensione scivolare via da me, mentre l'acqua della doccia filtrava tra i miei capelli e scorreva lungo la schiena. Mi strofinai il corpo, togliendomi di dosso due giorni di sudore e incertezza.

Ero un drago mutaforma. Ancora non mi era chiaro

cosa comportasse, ma quattro ragazzi mi aspettavano qui in casa per aiutarmi a capirlo. Ero pronta.

Mi avvolsi in un asciugamano così soffice che pensai di farlo diventare il mio bozzolo e non uscirne mai più. La camicetta di seta era un po' troppo aderente per i miei gusti, ma almeno lo scollo rotondo non era troppo profondo. Era già abbastanza dura non saltare addosso a Marco – e, siamo onesti, anche a Nate – senza indossare vestiti che gridassero *prendimi*.

Pettinandomi con le dita i capelli ancora bagnati, scesi con calma le scale fino al piano terra. Un profumo di burro si spandeva da quella che immaginai fosse la direzione della cucina.

Il mio stomaco si contrasse per la fame. Il mio ultimo pasto, a base di uova e salsiccia, sembrava ormai lontanissimo. I miei piedi accelerarono il passo da soli. Svoltai di corsa l'angolo delle scale e proseguii sbandando verso il bordo del gradino successivo.

Chiunque mi avesse vista, avrebbe pensato che ero inciampata e caduta. In effetti fu proprio così. Ma la caduta mi aveva trasmesso eccitazione, non paura. Aprii le braccia, come per godermi quella sensazione, poi le abbassai per aiutarmi nell'atterraggio alla base delle scale. Il mio ginocchio colpì il pavimento con un tonfo, ma sentii appena l'impatto. Il mio spirito stava ancora volando.

Come il drago nei miei ricordi: mia madre.

Era per questo che mi piaceva così tanto saltare e cadere? Avevo sempre pensato che fosse qualche sorta d'impulso spericolato, ma forse sentivo solo la mancanza di volare. Qualche parte, in profondità dentro di me, non l'aveva dimenticato del tutto.

Nell'atrio apparve una figura. Tarchiata, muscolosa, con un riflesso dorato tra i capelli chiari: Aaron. Indossava una camicia in lino aperta sul collo, che lasciava intravedere il suo forte petto abbronzato. La sua espressione si rilassò quando vide che mi stavo alzando.

"Ho sentito un tonfo," disse. "Sei caduta?"

Feci spallucce, sorridendo. Non avevo ancora parlato da sola con Aaron, ma avevo apprezzato il suo approccio premuroso alla mia situazione. Tra i quattro alfa che erano venuti da me, lui era l'unico che sembrava non avere aspettative su chi avrei dovuto essere o cosa avrei dovuto fare. Preferiva osservare chi ero davvero.

"Ho fatto di peggio," risposi. Indicai con un cenno la spatola nella sua mano. "Stai cucinando tu?"

Lui sorrise. "Hai fame? Dormono ancora tutti, anche la cuoca di Marco. Non volevo disturbare nessuno. La maggior parte dei mutaforma resta sveglia di notte, ma io mi sveglio al canto del gallo." Il suo sorriso si allargò, come se volesse sfidarmi a ridere.

"Ah, ah, Mister Aquila. Spero solo tu non stia preparando le uova."

Lui brandì la spatola. "Pancake. Andiamo. Meglio se torno in cucina, prima che si brucino."

"Decisamente non posso essere responsabile del massacro dei tuoi pancake."

Seguii Aaron in cucina. Si diresse a grandi passi verso i fornelli, dove una grossa padella sfrigolava, e prese un altro piatto dalla credenza. Mi fermai sulla soglia a bocca spalancata.

"Wow." La cucina era grande come la sala comune nell'appartamento che condividevo con Kylie, con elettrodomestici in acciaio a vista d'occhio. "Questa sì che è una cucina."

"Non penso che Marco conosca mezze misure," disse Aaron. "O è lusso sfrenato, o non se ne parla." Girò i pancake, spandendo ancora verso il mio naso il profumo burroso di prima.

Sentii l'acquolina in bocca. Mi avvicinai a lui per vedere se la colazione fosse quasi pronta.

Aaron mi guardò. "Ti senti più tranquilla ora che hai avuto un po' di tempo per riflettere sugli ultimi eventi?" La sua voce era più dolce del solito, ma era sempre piacevolmente rauca. Il calore che mi pervase mi ricordò del vigore della sua presenza. Eravamo vicini abbastanza perché potessi sentire il suo odore, una fragranza marina che mi faceva pensare all'oceano. Volevo leccarla sulla sua pelle.

Sta' buona. Resta concentrata.

"Sì," dissi, sentendo all'improvviso la gola secca. Perché *tutti e quattro* mi facevano questo effetto? "Probabilmente sono stata un po' seccante ieri, vero?"

Aaron ridacchiò. "Per nulla. Era assolutamente comprensibile. Mi piace che tu voglia avere delle prove, invece che prendere per buono quello che ti viene detto."

Quindi *io* gli piacevo? Oh, ma perché mi importava? Eppure era così. Eccomi lì, a sbirciarlo attraverso le ciglia, mentre cercavo la risposta migliore per farlo ridere di nuovo.

"Mi piacciono gli uomini pronti a dimostrare qualsiasi cosa," risposi alla fine.

Ottenni un sorriso. Poteva bastare. "Magari non qualsiasi cosa," disse Aaron. "Però mi piace imparare il più possibile su di noi e sulla nostra storia. Per come la vedo io, l'unico modo di evitare errori futuri è comprendere il proprio passato."

Una saggia teoria. "Diventa più difficile quando non ricordi nemmeno il tuo passato," mormorai.

"Penso che i ricordi inizieranno a riaffiorare, ora che sei tornata all'ovile, per così dire. Tua madre non avrebbe voluto impedirti completamente di accedere ai tuoi poteri. Sicuramente si aspettava che ti avremmo aiutata a recuperarli."

Servì i pancake nei piatti vuoti, due ciascuno, e li condì con dello sciroppo d'acero. Agguantai subito il piatto che mi offrì, ma dovevo fargli ancora una domanda prima di poter iniziare a mangiare.

"Ancora non mi è chiaro… *Come* ha fatto mia madre a dirvi di cercarmi? Capisco che ha a che fare con il medaglione, ma per il resto…"

Aaron mi accompagnò fuori dalla cucina, verso una sala da pranzo decisamente troppo grande per noi due. Quattordici sedie circondavano un enorme tavolo di palissandro. Aaron poggiò il piatto a capotavola, ma si voltò verso di me invece di sedersi. Posai anch'io il mio piatto e poggiai il gomito sulla sedia al mio fianco, in attesa della sua risposta.

"Quando veniamo nominati alfa, dobbiamo prendere parte a una cerimonia." Aaron sollevò la sua mano sinistra con il palmo rivolto verso l'alto, rivelando al centro una cicatrice simile a una raggiera di linee. "Questo marchio ci unisce alla nostra famiglia di mutaforma e ai draghi. Nel momento in cui hai aperto il medaglione, hai attivato la magia usata da tua madre, qualsiasi essa fosse. L'ho sentita proprio qui, al centro della mia mano, insieme a una direzione da seguire. Ma immagino che qualsiasi mutaforma abbastanza vicino avrebbe potuto sentirla. Da quello che ho capito, è così che Marco ha mandato il suo assistente a cercarti."

Questa volta lasciai che i miei impulsi prendessero il comando. Presi la mano di Aaron tra le mie. "Posso?" Chiesi, all'improvviso senza fiato. Lui annuì, i suoi occhi azzurri fissi sul mio viso. In quel momento lo capii, e il cuore mi balzò in gola.

Forse non si *aspettava* nulla da me, ma desiderava qualcosa. Lo stesso tipo di cose che avevo scoperto di volere io quando ci trovavamo così vicini.

Spostai lo sguardo dal suo al palmo della mano. Tracciai piano con il pollice le linee della cicatrice. Lui rimase fermo, ma i muscoli del suo braccio si contrassero. Il suo respiro sembrava leggermente affannato. Mi domandai come avrebbe reagito se lo avessi baciato in quel punto. Il solo pensiero scatenò un'ondata di libidine tra le gambe.

Deglutii forte e mi costrinsi a concentrarmi di nuovo sulla nostra conversazione. Aveva detto una cosa...

"Hai detto che questo marchio ti unisce ai draghi," dissi. "Perché? Voglio dire, non dovremmo avere il nostro alfa anche noi? Dove *sono* gli altri draghi mutaforma?" Sentii il mio cuore vibrare di speranza. Avevo forse un'altra famiglia – nonni, cugini o chissà chi – che io e mia madre avevamo lasciato?

Aaron girò la mano, avvolgendo la mia completamente. Accarezzò la mia pelle con il pollice, diffondendo un brivido di piacere lungo il mio braccio.

"I draghi sono sempre stati i mutaforma più rari, nonché i più potenti," disse, con una voce ancor più sommessa di prima. Era quasi riverente. "Per quanto ne sappiamo, ad oggi tu potresti essere l'ultima."

"L'*ultima*?" Ripetei. Quelle parole risuonarono dentro di me, ma era difficile pensare lucidamente con il suo pollice che mi sfiorava.

Aaron annuì. "Per questo tua madre ci teneva così tanto a proteggerti. Da quando i mutaforma esistono, i draghi hanno sempre ricoperto un ruolo speciale, che nessun altro può eguagliare."

"Fantastico. Nessuna pressione." Risi con fare isterico. "Quindi cosa vuol dire di preciso?"

Le sue labbra si curvarono in un sorriso. "I draghi sono la chiave che unisce i mutaforma. Prendono tutti gli alfa come compagni, ed è grazie a loro se ogni famiglia è unita all'altra da un legame comune."

8

Ren

L'ultimo commento di Aaron non era il tipo di rivelazione da scaricare addosso a una ragazza prima di colazione. Lo fissai, stringendogli la mano per fermare le sue carezze – ma senza lasciarlo andare. Perché anche se ero sconvolta e scioccata, una parte di me era pronta ad accettare l'idea.

Sì. Erano *miei*, tutti loro.

Allontanai quel pensiero. "Aspetta. Giusto per essere sicura di aver capito, stai dicendo che se sono l'ultimo drago rimasto, il mio 'ruolo' è andare a letto con voi alfa?"

Aaron fece un sorrisetto. "Non solo 'andare a letto'. I legami tra compagni mutaforma sono per tutta la vita. Saresti la nostra compagna, 'finché morte non ci separi'."

"Sembra un po' da... *ingorda* prendere i quattro

uomini più importanti" – *e più sexy*, aggiunsi nella mia mente.

"Come dicevo, è considerato giusto perché unisce le quattro famiglie. Ho riletto i testi antichi, tornando indietro fino ai primi, e da quello che ho scoperto la nostra comunità ha sempre seguito questa regola. È così naturale che fa parte di noi."

Si fermò, studiando la mia espressione. Abbassò il tono della voce, facendo scorrere brividi sulla mia pelle. "L'hai sentita, non è vero? Quell'attrazione verso ognuno di noi, la stessa che tutti noi sentiamo per te."

Trattenni il respiro. Non riuscivo a distogliere lo sguardo dai suoi vividi occhi azzurri. Mi bagnai le labbra, su cui cadde il suo sguardo. All'improvviso le sentii bollenti, come se lui le avesse già baciate.

Come potevo mentirgli se mi guardava così?

"L'ho sentita," dissi. La mia voce era un sussurro.

"Allora capisci quanto è istintiva. Quanto è naturale."

Sollevò la mia mano e ne baciò la nocca. L'ardore di quel tocco si diffuse nel mio braccio e poi proprio nel mio grembo. Avrei potuto avvicinarmi per un altro tipo di bacio, se proprio in quel momento qualcuno non si fosse schiarito la voce in modo piuttosto scortese.

Mi allontanai da Aaron, arrossendo per l'imbarazzo. All'ingresso della cucina c'era West, con le braccia incrociate nella sua solita posa scostante. Ci guardava male con i suoi occhi verde scuro.

"Forse poteva essere così in passato, ma non significa che debba restare per sempre così," disse con la sua voce bassa e roca.

Aaron appoggiò la mano sulla parte bassa della mia

schiena, con fare rassicurante. Il mio imbarazzo non fermò il desiderio di appoggiarmi a lui.

Ma la cosa più fastidiosa era che né l'imbarazzo né l'atteggiamento da idiota di West mi impedivano di sentire l'attrazione per il lupo mutaforma. Anche mentre ricambiavo l'occhiataccia, parte di me desiderava vedere il suo viso addolcirsi. Alcune ciocche dei suoi capelli ramati e argentei gli sfioravano gli zigomi scolpiti, e la mia mano fremeva per il desiderio di spostarglieli dietro l'orecchio. E poi d'indugiare sulla sua guancia.

Serrai le dita nel palmo. Che fosse naturale o meno, chiaramente West non stava pensando a me in quel modo.

"Abbiamo altri motivi per credere che questa situazione debba restare così, invece di cambiare," disse Aaron. "Questo modello di stabilità ha mantenuto l'equilibrio tra le famiglie per centinaia, se non migliaia di anni."

"Come facciamo a sapere che è questo modello ad aver mantenuto l'equilibrio?" Disse West. "Magari avremmo potuto star bene anche senza."

L'espressione di Aaron si irrigidì. "È un punto di vista superficiale. Gettare via tutta la nostra storia potrebbe rovinarci. Guarda cos'è successo in soli sedici anni senza i draghi."

West fece spallucce. "Perché abbiamo aspettato e titubato, insicuri su cosa fare, senza prendere alcuna decisione. Forse è giunta l'ora. Forse dobbiamo solo farci avanti e scegliere un percorso diverso."

Non mi sentivo abbastanza coinvolta in queste dinamiche per schierarmi con uno dei due. E in ogni caso non riuscivo a non pensare alla rivelazione di Aaron, che stava sollevando un sacco di altre domande.

"Aspetta," li interruppi. "Se è sempre andata così, con il drago e gli alfa… mia madre doveva avere quattro compagni, giusto? Uno di loro dovrebbe essere mio padre. È ancora… Voi lo conoscete?"

Cercai di tenere a freno la speranza, ma sentivo l'euforia agitarsi dentro di me. Mia madre non aveva mai toccato volentieri l'argomento di mio padre, ma me l'ero sempre chiesto. Soprattutto durante gli ultimi sette anni, da quando era partita.

Poi notai che l'espressione di West era diventata tesa. Aaron circondò la mia vita con la mano. "Ogni drago mutaforma ha quattro padri," disse. "Ciò è parte della nostra particolare organizzazione. Un drago può nascere solo dall'unione delle migliori qualità dei quattro alfa: la lealtà dei lupi, la forza degli orsi, l'astuzia dei felini selvatici e la grazia dei rapaci. Quando c'è totale armonia tra un drago e i suoi compagni, allora un nuovo drago può essere concepito."

Sbattei le palpebre. "*Quattro* padri." Ma avevo notato il suo tono di voce solenne. "Cosa gli è successo?"

Deglutì forte. "Gli alfa prima di noi, i compagni di tua madre, sono morti, e hanno trasmesso a noi questa responsabilità… subito prima che lei se ne andasse."

Mi voltai per guardarlo negli occhi. "Sedici anni fa? Eravate molto giovani."

Agitò la mano libera per scacciare la mia preoccupazione. "Marco aveva dieci anni, io e West undici e Nate dodici. A quell'età, i nostri mentori sapevano già cosa saremmo diventati. Ogni alfa ha dei consiglieri fidati:

quelli di allora hanno lavorato al nostro fianco, quasi come dei reggenti, fino a quando non siamo cresciuti abbastanza per farcela da soli."

Quindi draghi e alfa erano cresciuti così, una generazione dopo l'altra, in armonia. "Non potete tramandare il ruolo di alfa ai vostri figli," dissi lentamente, ripensando a quello che aveva detto. "Ho capito bene? Gli alfa si accoppiano *solo* con un drago – e solo uno? Quindi tutti i vostri figli saranno draghi?"

"E saranno nostri solo per un quarto," aggiunse West dietro di me.

Aaron lo guardò con espressione corrucciata. "Non significa che contribuiamo di meno dando vita a un drago piuttosto che a un altro figlio. Significa che un drago vale molto più di qualsiasi altro figlio." Riportò la sua attenzione su di me. "Hai detto bene, non tramandiamo il ruolo di padre in figlio, o almeno non così. Gli alfa prima di noi erano i tuoi padri. Hanno scelto noi dalle famiglie di mutaforma perché credevano che saremmo stati dei capi forti, e i compagni migliori per la loro figlia."

Non sapevo ancora come mi sentivo a riguardo. Fino a pochi minuti prima, non sapevo nulla su mio padre – o i miei padri. Non ero pronta ad accettare che avessero scelto dal nulla i miei compagni per la vita.

"Quindi le *figlie* non hanno mai voce in capitolo?"

Un fremito mosse gli angoli della bocca di Aaron; forse era divertimento, pensai. "Oh, avete voce in capitolo. Se un drago pensa che uno o più dei compagni a lei offerti non siano adatti, può rifiutarli e aspettare che la famiglia proponga un sostituto. Oppure… un altro mutaforma può lottare per togliere il ruolo di alfa al prescelto. Se quest'ultimo non è abbastanza forte da respingere l'attacco, allora non era comunque degno di quell'onore."

"È andata così agli alfa prima di voi?" Chiesi, e poi capii che non aveva senso. Se gli alfa precedenti erano stati sfidati e sconfitti, presumibilmente anche i loro prescelti erano stati scartati. Che diamine era successo agli ultimi quattro, tutto d'un tratto?

"No," rispose Aaron, rabbuiandosi in viso. "La situazione era più complicata. Penso sia meglio parlarne quando saranno affiorati altri ricordi dal tuo passato."

Chiaramente mi considerava molto più paziente di quel che ero. Aprii la bocca per insistere e avere delle risposte, ma West parlò nello stesso momento.

"Nulla di tutto ciò è importante, comunque. Quelle decisioni appartenevano ai vecchi alfa – quelli prima di noi e altri prima ancora. Ora è il nostro turno. Possiamo decidere noi cosa fare, e se vogliamo *farci* te."

Il tono tagliente della sua voce mi fece digrignare i denti. Gran bel compagno con cui stare. Mi voltai, socchiudendo gli occhi. "È così che mostri la 'lealtà' dei lupi per cui dovresti essere famoso?"

La mia stoccata lo colpì nel punto giusto. Lo capii da come gli si irrigidirono le spalle. Ma quando rispose stizzito, il suo tono era risoluto.

"Ecco una nuova aggiunta alla tua lunga lista di cose da imparare, Scintilla: la lealtà offerta a occhi chiusi è inutile. Io sono leale in primis e sempre ai miei simili. A te? Finora non ho avuto un valido motivo."

"Onestamente, nemmeno tu per ora mi hai ispirato fiducia," lo rimbeccai.

"Va bene," Aaron alzò le mani per interrompere il

battibecco. "Meglio rimandare questa discussione, okay? È una situazione strana per tutti noi. Dobbiamo ancora conoscerci meglio, prima di decidere qualsiasi cosa."

Mi strinse la spalla. "Ed è per questo che penso che dovremmo capire cosa possiamo fare per attivare i tuoi poteri. Forse, quando riuscirai a usare meglio i tuoi sensi da drago, sarà più facile per te seguire il percorso che tua madre sembra averti lasciato."

Distolsi lo sguardo da quello di West, cercando di rilassare le mie spalle tese. "Okay. *Fare* davvero qualcosa sembra un'ottima idea."

"Bene. Ora mangiamo, poi vedremo cosa riusciremo a portare alla luce."

Il suo sorriso calmò un po' i miei nervi. Ma mentre spostavo la sedia per accomodarmi, con il profumo dei pancake che mi stuzzicava ancora il naso, una cosa che aveva detto prima mi contorse lo stomaco.

Potresti essere l'ultima.

L'ultima dei draghi. Poteva essere vero solo se mia madre fosse morta. Sapevo che avrebbe potuto esserci una ragione permanente che le impediva di tornare, ma non avevo mai permesso a me stessa di crederci davvero. Evidentemente gli alfa ci avevano pensato, però.

Forse non era più tornata perché era morta. Perché qualcosa, ovunque lei fosse, l'aveva uccisa

9

Aaron

I muscoli della schiena di Serenity si contrassero sotto la pressione delle mie dita. Feci scorrere piano le mani tra le sue scapole, cercando di restare concentrato su quello che stavo facendo e non su quanto volessi toccare tutto il suo corpo. Sotto la camicetta di seta, sembrava tesa come una corda di violino. C'era così tanto potere, imbottigliato in quella figura esile, da togliermi il respiro.

"Immagina qui le tue ali in attesa, chiuse saldamente, che desiderano spiegarsi," dissi, mantenendo il mio tono di voce basso e calmo. Pensai alle sensazioni che il mio corpo avvertiva: ero l'unico alfa che sapeva cosa voleva dire trasformarsi in una creatura alata. "Immergiti in questa sensazione. Infondi in loro la forza di cui hanno bisogno per liberarsi."

Il drago mutaforma fece una smorfia, mentre se ne

stava lì inginocchiata nel prato sul retro. Le sue pallide dita affondavano nell'erba alta. L'alba estiva scaldava il giardino, spandendo un tiepido profumo di verde che si confondeva con la fragranza dolce e aspra del suo corpo.

"Ci sto provando," disse lei. "Sto tentando di fare tutto quello che mi dici, ma non funziona." Lasciò andare un gemito di frustrazione.

Non riuscivo a immaginare cosa si provasse ad avere così tanto potere che scorreva nelle vene senza essere in grado di rilasciarlo. Forse le stavo chiedendo troppo, e il solo pensiero mi strinse il petto. Quantomeno West non era lì con noi. Le sue costanti critiche non sarebbero state d'aiuto.

"Ehi," dissi. Mi sedetti sull'erba accanto a Serenity e feci scorrere le dita lungo la sua guancia per farla voltare verso di me. Mi guardò con i suoi occhi ambra, calorosi ma colmi di frustrazione, e il suo sguardo divenne più intenso quando lasciai che il mio pollice le sfiorasse il viso.

Dio, come potevo non rispondere a quel desiderio? Lo stesso calore si agitò dentro di me. "Andrà tutto bene," le dissi. "Devi recuperare i molti anni in cui non hai fatto pratica. Funzionerà."

Poi mi avvicinai e la baciai.

All'inizio, le sfiorai piano le labbra con le mie. Aveva appena scoperto tutta la verità sulla nostra connessione. Non mi era sembrata riluttante, ma non aveva nemmeno fatto i salti di gioia. Forse era troppo presto.

No. D'improvviso si lasciò andare, premendo più forte la bocca sulla mia. Il fervore che avevo sentito prima divampò dentro di me.

Questa era lei. Il mio drago, la mia compagna. Non

ero mai stato sicuro che un giorno avrei avuto la possibilità di conoscerla, figuriamoci di starle così vicino. Ogni centimetro di me, inclusa la dura virilità nei miei pantaloni, strepitava perché ciò accadesse davvero, in tutti i sensi.

La tirai più vicina a me e inclinai il capo per catturare le sue labbra da una nuova angolazione, facendola ansimare. Non avevo intenzione di dare spettacolo proprio lì, sul prato di Marco; ma in quel momento eravamo soli, e non avrei mai permesso agli altri tre d'intromettersi in questa unione. Avrebbero potuto mormorare, pavoneggiarsi o farsi da parte quanto volevano. In quel momento, Serenity aveva bisogno di un compagno che fosse presente per lei, in tutti i modi necessari.

Non avevo mai desiderato nulla così tanto quanto essere quell'uomo.

A quanto pareva stavamo comunque dando spettacolo, nonostante le mie migliori intenzioni. La porta sul retro si aprì con un cigolio. Prima che potessi trovare la forza d'interrompere il bacio, la risatina familiare di Marco ci raggiunse attraverso il prato.

"Penso che dovremmo ripassare la differenza tra fare formazione e pomiciare."

Mi separai piano da lei, appoggiando la mia fronte su quella di Serenity per un momento. Lei lasciò andare un sospiro, forse di dispiacere. Alzammo entrambi lo sguardo per scoprire che gli altri tre alfa erano in piedi uno accanto all'altro.

"A volte, l'ultimo può aiutare a guidare il primo," risposi piano mentre mi alzavo.

Ren

Mi alzai in piedi e guardai i quattro alfa riuniti. Questa volta, solo un lieve imbarazzo arrossiva le mie guance.

Perché non avrei dovuto baciare Aaron? Perché gli altri non avrebbero dovuto vederlo? Avrei dovuto baciare *tutti* loro prima o poi, da quello che mi aveva detto lui. Era praticamente destino.

A quanto pareva, mi era bastato un piccolo pretesto per trasformarmi in un'assoluta esibizionista. Chi l'avrebbe mai detto? Nessuno dei miei flirt passati, poco ma sicuro.

"Se avete qualche idea migliore per liberare il drago qui dentro," dissi, picchiettandomi la testa, "sono tutta orecchie."

Nate inclinò la testa, con espressione pensosa. Non riuscivo a guardarlo senza pensare all'enorme orso che ieri aveva preso il suo posto per un po'. I suoi capelli nocciola luccicavano con la stessa sfumatura. Ma il suo comportamento nei miei confronti, finora, era stato più da orsacchiotto che da predatore.

"Se le strategie di Aaron non funzionano, non sono sicuro che qualcuno di noi possa trovare di meglio," disse. "Ma se vuoi che io faccia qualcosa, chiedi pure."

"Forse per ora dovremmo lasciare da parte la sua trasformazione e scoprire cosa possiamo fare con i poteri che sta già mostrando," disse West, lanciando un'occhiata scettica verso il mio corpo. "Vorrei vedere cosa sa fare."

E quello che non sapevo fare, sottintendeva il tono della sua voce.

Sollevai il mento. "Per me va bene. Da dove cominciamo?"

"Quali sono queste qualità di cui hai parlato?" Chiese West, guardando Aaron. "Velocità, agilità e forza? Potremmo iniziare facilmente dalla velocità."

"Non ha indosso abiti adatti ad allenarsi," disse Nate.

"Non potrà chiedere una pausa e andare a cambiarsi ogni volta che dovrà mettersi in azione."

Accarezzai la camicetta di seta lilla. Avevo indossato i jeans durante la maggior parte delle mie imprese in città, li trovavo perfettamente comodi. La camicetta era abbastanza leggera e morbida, solo un po' più elegante dei miei soliti abiti. "Se a Marco non interessa che rischi di rovinare i suoi bei vestiti, io sono a posto."

Marco fece un sorrisetto. "Ne ho un sacco. Non vedo l'ora di vederti in azione, principessa."

"Possiamo iniziare con qualcosa di semplice," disse West, come se avessi bisogno di essere coccolata. "Quanto veloce puoi correre da un lato all'altro del prato?"

"Più veloce di te, forse," dissi, ma invece di rispondere alla sfida lui mi lanciò un'occhiataccia. Feci spallucce e camminai con calma fino alla fila di alberi lungo il confine del giardino.

"Non sei obbligata a farlo," disse Nate.

"Non c'è problema." Sorrisi a tutti loro, aggiungendo un commento tagliente per West. "Se riuscirò anche solo a zittirlo per qualche minuto, sarà una vera vittoria."

Marco si portò la mano alla bocca, come se volesse cercare di nascondere un risolino – fallendo. West lanciò un'occhiataccia al giaguaro. Marco si limitò ad alzare un sopracciglio. "Te la sei cercata."

"Beh, *potrebbe* esserci utile conoscere precisamente le tue capacità," disse Aaron con tono calmo. "Sei pronta?"

"Pronti, partenza, via!" Esclamai, spingendomi con i piedi sul terreno soffice del prato. Mi lanciai di corsa verso la fila di alberi di fronte a me, concentrando tutta l'energia nelle mie gambe. Come se un poliziotto mi stesse inseguendo di corsa, o come se avessi lasciato tracce che mi collegavano a un furto. O come qualcuno che proprio non accettava un no in risposta.

Erano tutte situazioni che avevo vissuto almeno una volta.

I miei piedi battevano forte sull'erba mentre fendevo l'aria calda a tutta velocità. Scattai oltre i primi alberi e mi fermai, voltandomi. Un grande sorriso si dipinse sul mio volto. Tutto sommato, era stato divertente.

Tornai al confine del prato, sfregandomi le mani. "Va bene, e adesso?"

Sembrava fossi andata bene. Marco, Aaron e Nate sembravano tutti soddisfatti, a modo loro. E West sembrava infastidito, il che significava che ero andata meglio di quanto avrebbe voluto. Gli lanciai uno sguardo pungente. Non ero nemmeno sudata.

"Per quanto tempo riesci a farlo?" Disse. "Una corsa da dieci metri non è nulla. Devi essere anche resistente."

"Avete un percorso più lungo da farmi fare?" Chiesi. "O mi stai suggerendo di correre avanti e indietro come una pazza?"

Fece un sorrisino. "Dovrai arrangiarti con quello che abbiamo."

Oh, quanto gli sarebbe piaciuto vedermi cedere. Come se non mi fossi mai ritrovata in situazioni molto più umilianti di questa, negli ultimi sette anni. Non aveva idea di cosa significasse essere 'resistenti'. Non mi sarei lasciata sopraffare dalla sua arroganza.

"Nessun problema," dissi con tono disinvolto. "Mi fa piacere sciogliere un po' le gambe."

Scattai senza nessun preambolo, questa volta. Attraversai il prato di corsa fino al punto di partenza, ruotai e scattai di nuovo per tornare indietro. Non appena presi il ritmo con il rumore sordo dei miei passi e con il mio respiro, il bruciore crescente nei miei muscoli divenne quasi piacevole. Mi lasciai andare alla sensazione, senza preoccuparmi di contare le ripetizioni. Mi limitai a volare avanti e indietro nel giardino come se, spingendomi solo un pochino di più, avessi potuto davvero librarmi in aria.

Avevo iniziato a sudare leggermente sotto la camicetta di seta, quando West fece un balzo in avanti nel bel mezzo di uno dei miei scatti. Mise avanti un piede come se volesse farmi inciampare, ma il mio istinto si era attivato nel momento stesso in cui l'avevo visto muoversi. Mi scansai subito. Rallentai e mi voltai, incrociando le braccia sul petto.

"Sul serio?"

"Dobbiamo testare anche la tua agilità," disse con aria innocente.

"Ed evidentemente lei non ha problemi a metterti ancora una volta in imbarazzo," disse Marco.

"Non abbiamo ancora finito." West indicò uno degli alberi più alti in fondo al prato. "Quanto in alto puoi arrampicarti?"

Riapparve il suo sorrisetto. Probabilmente pensava che in città non avessi fatto molta esperienza sugli alberi. E forse era vero, ma c'erano molte recinzioni e palazzi da scalare.

"Fino in cima potrebbe andarti bene?" Chiesi.

Mi diressi verso l'albero a passi decisi, senza aspettare la sua risposta. Comunque, non pronunciò altro che un borbottio inarticolato.

I rami più bassi del pino si protendevano dallo stretto tronco a circa trenta centimetri dalla mia testa. Erano abbastanza bassi perché potessi toccarli allungando le braccia, ma piegai le ginocchia e balzai, così da agganciarmi con il gomito. Abbracciando il ramo, percorsi il tronco con i piedi fino a quando riuscii a portare su anche le gambe. Poi mi issai e mi allungai verso il ramo successivo.

Una volta sull'albero, arrampicarmi fu molto più semplice di quel che poteva pensare West. I rami erano così vicini che sembrava più che altro di arrampicarmi su una scala; non era una vera sfida. Proseguii il più velocemente possibile senza restare del tutto senza fiato. La linfa stava sporcando la stoffa lilla della camicetta, ma Marco mi aveva detto di non preoccuparmi. Il profumo pungente di pino mi riempiva il naso. Lo inspirai a fondo, facendo un altro grande sorriso.

Man mano che salivo, i rami si facevano più sottili, così come il tronco. Una brezza calda mi sferzava, facendo ondeggiare la metà superiore dell'albero. Mi aggrappai più forte alla corteccia ruvida e continuai la scalata.

Quando ero ormai rimasta quasi senza appigli, ancora a parecchi centimetri dalla cima del pino, circondai il tronco con un braccio e guardai in basso. Ero un po' più in alto del tetto della casa di Marco. Sul prato sottostante, Nate alzò il pollice verso di me. Non riuscivo a vedere l'espressione di West, ma avrei scommesso che fosse ancora più burbera del solito.

E potevo infastidirlo ancora di più. Mentre il desiderio cresceva dentro di me, il mio sorriso si allargò ancora. L'altezza a cui mi trovavo era il doppio del salto che avevo fatto il giorno prima dalla finestra della camera, ma un po' di rischio rendeva tutto più inebriante.

Feci un passo avanti sul ramo e saltai.

L'aria fischiava nelle mie orecchie. Le maniche della camicetta fluttuarono attorno alle mie braccia. Per un secondo, immaginai che il vento le trasformasse in ali, facendomi librare nel cielo. Un nodo di desiderio sotto lo sterno mi bloccò il respiro.

Qualcuno gridò, preoccupato. Colpii il terreno con i talloni. Spingendomi, piegai le ginocchia e feci una capriola. Volteggiai e atterrai in piedi, alzandomi in un unico movimento fluido. I miei piedi pizzicavano un po' ed ero senza fiato, ma diamine, che sensazione fantastica.

Aaron mi guardava sorridendo in silenzio, come al solito. "Mi sembra che l'agilità non sia un problema. E direi che, tra tutte queste prove, abbiamo potuto apprezzare anche la forza."

West contrasse la mascella. Qualcosa brillò nei suoi occhi, un'emozione che non riuscivo a cogliere, fino a quando non aprì bocca.

"Nel mondo reale non facciamo acrobazie stupide, a meno che non ne vada della nostra vita."

Il suo tono era irriverente, ma colsi una lieve esitazione. Mi fermai, trattenendo la mia risposta a tono.

Nonostante tutto, aveva un po' paura di me. E lo odiava davvero. Lo odiava così tanto che voleva che io lo rimbeccassi, solo per poter continuare a mostrarsi infastidito.

Peccato. Non avevo intenzione di dargli quello che voleva. Gli avrei dato l'esatto opposto.

"Non ho intenzione di discuterne con te," dissi, mantenendo il tono di voce dolce e calmo. "Devi avere fiducia in me e sapere che non mi spingo oltre quello che non so gestire. E se ti serve qualche altra ragione per essere arrabbiato con me, dovrai trovartela da solo, invece di cercare di litigare."

Il corpo snello di West s'irrigidì. "Non montarti la testa. Non sai leggere nel pensiero, Scintilla," disse, ma sembrava più inquieto che arrabbiato.

Nate poggiò la sua grande mano sulla mia spalla. "I draghi vedono molto più di noi," disse in approvazione.

Mi massaggiai dietro il collo. Mi ero goduta lo sforzo fisico nel mezzo del movimento, ma ora iniziavo a sentirne il contraccolpo, soprattutto dopo tutti i precedenti tentativi falliti di trasformarmi.

Ero senza dubbio veloce e forte, e sapevo intuire le emozioni altrui quando ne avevo bisogno. Ma tutto ciò a cosa sarebbe servito agli alfa, se non ero in grado di trasformarmi in un drago? Ancora non avevo idea di cosa stesse cercando di comunicarmi mia madre con il simbolo dentro il medaglione.

Per quanto tempo i ragazzi avrebbero aspettato prima di arrendersi, e...

Una fitta di panico mi trafisse. Respinsi quel pensiero, prima che la mia mente potesse concluderlo, e lo allontanai.

"Penso che la nostra Principessa del Fuoco abbia decisamente dato prova di sé, per questa mattina," disse Marco con la sua voce suadente. "In quanto ospite di questa festa, direi che è ora di lasciarla in pace." Mi offrì la mano con il suo sorriso sghembo. Anche se ero stanca e insicura, scatenava comunque un fremito di attrazione dentro il mio petto.

"Ci sono alcune aree di questa casa che devi ancora vedere," disse. "Penso che una in particolare ti piacerà molto. Ti va di fare un tour veloce?"

10

Ren

Non appena entrai in casa, in compagnia solo di Marco, sentii un peso ridursi sulle mie spalle. La pressione di essere osservata dai quattro ragazzi, che pensavano a me... e io che pensavo a *loro*. In parte mi piaceva l'idea che fossero destinati a stare con me, ma a volte tutto questo era ancora troppo.

Com'era stato possibile per mia madre non avere nessun compagno per tutti quegli anni, senza mai dare segno di sentirne la mancanza? Sicuramente ne aveva sofferto. Forse era solo stata così brava a nasconderlo che io non me n'ero mai accorta.

Leonard era nella sala principale, stava spolverando la cornice di un dipinto a olio appeso al muro. Quindi Marco aveva davvero messo il suo assistente a fare le pulizie. Lo mandò via, forse pensando che non avevo ancora molta voglia di essere socievole con il tizio che mi aveva rapita al bar. E a me stava bene così.

"Quale area della casa sei così ansioso di mostrarmi?" Chiesi a Marco.

"Vedrai." Mi guidò oltre la cucina e attraverso una sala nella parte sud della casa, tenendo una mano poggiata alla mia schiena. Quel lieve contatto mi faceva venire i brividi ovunque. I miei pensieri tornarono al giorno prima, a quel bacio in camera da letto. Il solo ricordo mi fece arrossire.

Sarebbe sempre stata così intensa l'attrazione tra di noi? O si sarebbe attenuata un po' quando io e i ragazzi saremmo ufficialmente diventati compagni? Non avevo idea di come funzionassero queste relazioni, ma mi sembrava troppo strano chiederlo a Marco in maniera diretta. Probabilmente sapeva già quanto mi influenzasse la sua presenza. L'ultima cosa di cui volevo parlare con lui era la mia incontrollabile eccitazione.

"Eccoci arrivati." Aprì una porta e mi accompagnò all'interno. Non appena entrai, restai a bocca aperta. Tutta la mia eccitazione si dileguò temporaneamente fuori dalla finestra.

Ma forse finestre era più accurato. La stanza in cui eravamo entrati era incorniciata su tre lati da enormi vetrate, come se fosse una gigantesca serra costruita sul fianco della casa. La luce del mattino inoltrato filtrava attraverso gli alberi all'esterno, scaldando l'ambiente con un piacevole bagliore. Non era molto ampia, forse una decina di metri quadri, ma le pareti si sviluppavano per almeno due piani in altezza. Cornici rocciose e sporgenze dalla forma di spessi rami fuoriuscivano a intervalli irregolari dalle pareti. Sembrava di guardare attraverso le cime degli alberi di una giungla.

"Questa casa è un punto di appoggio per i miei simili in viaggio da queste parti," disse Marco, compiaciuto del mio sbalordimento. "Non c'è molto spazio all'esterno per correre, una volta trasformati. Questa stanza ci consente di allenarci da felini lontano da sguardi indiscreti."

Era facile immaginare tigri e leopardi – e giaguari – che saltavano da un ramo all'altro o prendevano il sole lassù. Ma tutte quelle finestre... Gli alberi non riparavano del tutto la stanza. "Non sei preoccupato al pensiero che qualcuno possa vedervi passando qui vicino?"

Marco indicò le pareti. "Questo vetro è unidirezionale. Dall'esterno non si vede nulla. Noi possiamo vedere fuori, ma nessuno può vedere dentro. Possiamo combinare tutto quello che ci pare, senza preoccuparci dei ficcanaso." Guardandomi con fare provocante alzò un sopracciglio, quello attraversato da una cicatrice.

Come se l'era procurata? Una lite con un altro mutaforma? O qualche altro scontro che non ero ancora in grado di capire?

"Per i mutaforma è normale vivere così vicino a una grande città come New York?" Chiesi. "Bisogna stare molto attenti, anche con una casa come questa."

Marco scosse la testa. "Forse noi felini siamo cocciuti, ma non ci piace molto seguire le regole. In teoria, la maggior parte del Paese è divisa tra i gruppi soprannaturali dominanti. Le città sono territorio dei vampiri, perché per loro è più semplice mimetizzarsi – e hanno bisogno di avere molte persone a disposizione per potersi nutrire." Fece una smorfia. "Generalmente i mutaforma si stabiliscono nelle piccole città e in campagna, la via di mezzo tra la civiltà e la natura selvaggia. Ma gli alfa della mia famiglia hanno sempre preferito tenere d'occhio anche i posti in cui non dovremmo stare."

Spalancai gli occhi. "Aspetta. Ci sono anche i *vampiri*? A New York?"

"Non molti," rispose, ma ora parlava con tono più serio. "Preferiscono mantenere la loro comunità piuttosto… esclusiva. Ma le sanguisughe sono comunque fin troppe. Se sarai fortunata, non dovrai mai averci a che fare." Rabbrividì, poi mi fece uno dei suoi sorrisi. "Comunque, non perdiamo altro tempo a parlare di loro. Ti andrebbe di fare un'arrampicata come si deve?"

Ora che avevo accettato l'esistenza dei mutaforma, chiaramente il mio cervello aveva ricalibrato il livello della credibilità. Se i lupi mutaforma – e gli orsi, i giaguari e via dicendo – esistevano, perché non i vampiri?

Guardai la giungla da allenamento sopra di me e la stanchezza che avevo avvertito fino a un attimo prima sparì. *Oh, sì*. Era proprio ciò di cui avevo bisogno.

Mi arrampicai su una sporgenza simile a una roccia. Da lì, bastava allungarsi un po' per saltare su uno dei rami artificiali. Mentre salivo sempre più in alto, Marco mi seguì, mantenendo la sua forma umana. Forse pensava fosse scortese trasformarsi sapendo che io non potevo? Ero troppo impegnata a esplorare per pensarci.

Qua e là, tra i rami e le cornici rocciose, erano incastonati degli oggetti ovali di grossa dimensione, imbottiti all'interno con morbidi cuscini. Ne toccai uno con le dita mentre mi arrampicavo. "Cucce per gatti?" Dissi, lanciando uno sguardo divertito a Marco.

Rise. "In sostanza, sì. Ci piace dormire."

Si fermò su una sporgenza circa a metà del secondo piano, guardandomi mentre completavo l'ascesa verso la cima. Il ramo più alto formava un angolo fino alla volta in vetro del soffitto. Mi arrampicai, per poi accovacciarmi nel punto in cui si inclinava per ammirare il panorama.

Da lì potevo vedere oltre il soffitto del resto della casa, fino alle cime dei pini dall'altro lato. Verso sud, riuscivo a vedere attraverso gli alberi la strada di periferia che si snodava in lontananza. Un'auto passò lentamente sotto di me. Il conducente era completamente ignaro della mia presenza, e io me ne stavo appollaiata lì sopra a guardarlo. La vista dell'altezza a cui mi trovavo fece accelerare il mio battito.

Se era così che facevano i felini, non potevo far altro che approvare.

Non sarei riuscita a saltare dalla finestra, ma c'erano mille possibilità per ritornare giù. Esplorai con gli occhi la stanza sotto di me. La forma e la posizione delle varie protuberanze, fatte per offrire una sfida. Fissai lo sguardo su un ramo davanti a me, svariati centimetri più in basso, poi contrassi i muscoli e mi lanciai.

I miei piedi atterrarono sulla corteccia artificiale, proprio al suo centro. Afferrai i lati del ramo per stabilizzarmi, l'euforia invadeva il mio corpo. Senza concedermi troppo tempo per pensare, individuai una sporgenza che faceva al caso mio e balzai ancora.

La sensazione della caduta libera mi percorse per un istante, prima dell'atterraggio, così netta e vertiginosa. Mi guardai attorno, poi mi lanciai verso una delle cucce imbottite. Questa volta atterrai sulle mani e sulle ginocchia, rotolai sulla schiena e mi accoccolai tra i cuscini.

"Okay," Dissi. "Questo *è* bello quasi quanto arrampicarsi."

"E saltare?" Chiese Marco, balzando su un ramo lì vicino. I suoi occhi blu indaco luccicarono. "Sei una vera bellezza, mia Principessa del Fuoco, ma sei incredibile quando ti avvicini così tanto a volare. Ti illumini."

Quel complimento mi colpì in un modo del tutto nuovo. Mi alzai in piedi. "È così che fai con le ragazze? Le rapisci e poi le seduci con i complimenti e con la tua incredibile casa?"

Socchiuse gli occhi, il suo sguardo divenne bollente. "Assolutamente no, principessa. Questo è solo per te."

Mentre flirtava, il suo tono era serio abbastanza da farmi mancare il respiro. Desideravo quell'intensità, ma al tempo stesso mi metteva agitazione. Come potevo essere tanto importante per lui e per gli altri, così dal nulla?

Mi allontanai da quel pensiero, balzando su uno degli altri rami pendenti. "Beh, non mi hai ancora presa," gli risposi.

Lo sentii ridere mentre prendeva fiato. "Vediamo se riesco a rimediare."

I suoi piedi sfiorarono le sporgenze sotto di me. Mi lanciai in avanti più velocemente, abbassandomi, così da potermi spingere usando anche le mani. Come se fossi un animale, anche se ancora non riuscivo a trasformarmi.

Balzai da un ramo all'altro, raggiunsi in velocità una piattaforma rocciosa, e scoprii bruscamente che non potevo più proseguire. Avevo quasi raggiunto il soffitto, di nuovo. Marco stava salendo lungo il ramo sotto di me, percorrendolo con perfetto equilibrio. Non si era trasformato, ma il felino dentro di lui era visibile in ogni movimento.

"Sei finita in un angolo?" Mi provocò, rallentando un po' per prolungare l'inseguimento.

Oh, no. Non l'avrei ancora lasciato vincere. "Certo che no", lo informai. Poi, mentre raggiungeva il bordo scosceso, mi lanciai verso un ramo almeno un piano più in basso.

L'eccitazione della caduta esplose dentro di me, e liberò un ricordo di tanto tempo prima. Mi arrampicavo sul tetto di una casetta per bambini in legno e mi lanciavo in aria. Sentivo le mie ali librarsi e catturare il vento per un secondo, prima che il mio corpo di bambina atterrasse. Rotolavo nell'erba e ridevo, godendomi un assaggio dei miei futuri poteri.

Mamma! Mamma! Mi hai vista?

I miei piedi colpirono il ramo con forza. Le mie ginocchia tremarono, e il vivido barlume del mio passato scivolò via. Mi fermai lì, inspirando malferma, affondando le dita nella corteccia finta.

"Principessa?" Disse Marco, abbassandosi sul tronco proprio sopra di me.

Scossi la testa, ma senza riuscire a calmare la mia mente. Dov'ero in quel ricordo? Da qualche parte con mia madre, ovviamente. Ma non a New York – era prima che ci trasferissimo. Da qualche parte in una comunità di mutaforma? Era lì che sarei dovuta andare ora?

Guardai in su verso Marco. "Continui a chiamarmi 'principessa'. Perché mia madre era praticamente la regina di tutti i mutaforma."

Annuì, guardandomi incuriosito.

"Deve aver avuto un qualche tipo di alloggio ufficiale, giusto?" Continuai. "Dove le persone potevano andare, in caso avessero bisogno di… non so, una guida o qualcosa del genere?"

"Esistono quattro dimore che sono proprietà ufficiali della stirpe dei draghi," disse Marco. "Ognuna vicino al centro del territorio principale di ogni famiglia. Lei si spostava da una dimora all'altra, periodicamente o in base alle necessità, di solito insieme almeno a uno dei suoi compagni alfa. Perché?"

Mi morsi il labbro. "Mi chiedevo solo se magari non fosse tornata in una di quelle case. Quando ha lasciato New York, intendo. Immagino però che se quel simbolo avesse a che fare con una di esse lo avreste riconosciuto, non è vero?"

"Molto probabilmente. E se fosse tornata nei territori dei mutaforma, non sarebbe passata inosservata."

Quell'indizio non mi avrebbe portata da nessuna parte, ma diede vita a un'altra domanda. "Aaron ha detto che voi mi conoscevate a quel tempo, quando ero una bambina, prima che io e mia madre partissimo. Eravamo amici, o…?"

Il sorriso sghembo di Marco sembrava più dolce del solito. "Ci incontravamo, qua e là. Non penso di averti mai parlato, a parte durante una presentazione formale dopo che l'ultimo alfa mi aveva scelto – non molto prima che tu e tua madre svaniste nel nulla. Sai, in quel periodo eri poco più che una bimba."

Lo guardai, sollevando le sopracciglia. "Quindi non avevi interesse in me, allora?"

Rise. "Anche io ero ancora un bambino, non scordartelo. Quando avevo dieci anni, l'unica cosa che volevo era scalare alberi e vincere gare di corsa, piuttosto che pensare alla mia futura compagna." L'ardore fece di nuovo capolino nei suoi occhi. "Chiaramente, da allora i miei interessi sono cambiati molto."

"Oh, ma davvero?" Con passo felpato mi arrampicai un po' più in alto sul mio ramo, lanciandogli un'occhiata di sfida. Era più facile riportare l'attenzione al presente, piuttosto che continuare a rimuginare su tutto quello che non potevo ricordare.

"Non ti ho ancora convinta?" Il suo sorriso si fece più ampio. Poi balzò verso di me, così rapido da farmi strillare.

Era evidente che Marco si fosse trattenuto fino a quel momento. Conosceva questa palestra felina molto meglio di me, dopotutto. Mi arrampicai su un ramo, saltai su un altro, e scattai lungo un bordo roccioso, ma mi raggiunse. Cingendomi con un braccio, fece cadere entrambi in uno dei letti a forma ovale.

"Presa," mormorò, il suo viso a pochi centimetri dal mio. Si era posizionato in modo da non toccarmi, sostenendosi con il gomito, ma il suo calore mi investì. Fomentò un'ondata di desiderio così forte che non riuscii nemmeno a pensare di combatterla.

Mi spinsi verso di lui, che rivendicò la mia bocca con la sua.

Quel bacio m'incendiò. Gli cinsi il collo con le braccia – volevo sentirlo più vicino, più forte, ovunque. Mi sfiorò il labbro con i denti finché non lasciai andare un leggero gemito, poi inclinò la testa per baciarmi ancora più intensamente. Lo tirai, e lui si lasciò andare su di me.

Rimasi senza fiato sentendo il peso del suo corpo compatto e muscoloso. Istintivamente, i miei fianchi si inarcarono verso i suoi, e lui gemette.

"Sì, principessa," mormorò. "È così che si fa."

Con la mano percorse il mio fianco, facendo scivolare la camicetta di seta sulla mia pelle. Mi strinse un seno con la mano, attraverso l'intimo. Con il pollice disegnò un cerchio attorno al mio capezzolo, e io ansimai nella sua bocca. Marco sorrise mentre mi baciava, provocandomi sempre di più con carezze continue ed esperte. Percorsi la sua guancia con le dita, infilandole poi tra i suoi capelli. L'ondata di piacere dentro di me stava crescendo così velocemente che non sapevo come farla rallentare, come trovare un appiglio. Avrebbe potuto travolgermi.

Marco chinò il capo e lasciò una scia di baci sul mio mento. La sua mano liberò il mio seno per spostarsi sotto l'orlo della camicetta. Salì lentamente con le dita lungo la mia pelle nuda, mentre mi mordicchiava piano sulla gola. Lasciai andare un ansito mentre il mio corpo tremava, e un dolore acuto esplose nel palmo della mia mano.

M'irrigidii, e Marco si immobilizzò sopra di me. Sollevò la testa. Il desiderio nei suoi occhi socchiusi scatenò un nuovo brivido dentro di me, ma il dolore mi impedì di lasciarmi trasportare oltre.

"Va tutto bene?" Chiese.

La mia mano si era chiusa in un pugno. Aprii le dita e fissai il palmo per un secondo, sconvolta, prima di capire cosa stavo guardando.

Una piccola gemma blu brillava fosca nella mia mano. Era l'orecchino di zaffiro di Marco, gliel'avevo sgraffignato senza nemmeno rendermene conto e mi ero punta per sbaglio. Una piccola goccia di sangue brillava proprio sotto la pietra.

Marco lasciò andare una risata sommessa. "La mia Principessa del Fuoco e le sue dita agili." Si mise seduto sui cuscini, tirandomi su insieme a lui ma lasciando un po' di spazio tra di noi. Con mano svelta prese l'orecchino, poi si portò la mia mano alla bocca e passò la lingua sulla piccola ferita. Il mio cuore vacillò.

Ma il desiderio dentro di me si era smorzato leggermente. Inspirai. Forse era meglio così. Lo volevo ancora – *eccome* se lo volevo – ma almeno ora riuscivo a controllarmi.

Marco ripose l'orecchino in tasca. Tenne la mia mano nella sua, ma senza avvicinarmi a lui. Riusciva ad avvertire la mia titubanza?

"Questa tua abitudine di rubare è un po' strana," sottolineò, sorridendo tranquillo. "Ruberai in tutta la casa entro fine giornata? Dovrei preoccuparmi?"

Il suo tono era così leggero che non potei non sorridere in risposta. "Io, ehm, potrei aver rubato anche uno specchietto dalla stanza degli ospiti. Nient'altro, per ora. Mi dispiace, è un tic nervoso."

Marco inclinò la testa. "Posso chiederti come può il furto diventare un'abitudine?"

Sentii un morsa stringermi il petto, ma l'assoluta assenza di giudizi nel suo sguardo mi fece rilassare nel giro di poco. Quei quattro ragazzi stavano condividendo davvero tanto di loro stessi con me. Forse era giusto fargli capire meglio chi stavano accogliendo nella loro vita.

"Quando persi la casa, non avevo un posto dove andare," dissi. Le parole mi si bloccavano in gola, ma mi sforzai di farle uscire. "Mia madre mi aveva sempre messa in guardia dalla polizia e da qualsiasi autorità governativa, quindi non mi fidavo di loro. Finii in un gruppo di ragazzini di strada che questo tizio di nome Fisher aveva… assunto, diciamo. Aveva un palazzo in cui ci lasciava dormire, purché gli portassimo ogni giorno cose rubate. E ci dava una piccola parte di quello che guadagnava rivendendola, così che potessimo comprarci del cibo e tutto il resto. Non mi *piaceva* farlo, sapevo che era sbagliato, ma ero brava, grazie alla mia velocità. E non sapevo cos'altro fare."

Marco mi accarezzò la testa con la punta delle dita, per calmarmi. "Penso che a tutti noi sia successo di dover fare cose che avremmo preferito evitare, pur di sopravvivere. Non c'è bisogno di vergognarsi, principessa."

Eppure era così. Arrossivo ancora per la vergogna, quando ci pensavo. "Sono rimasta con Fisher quasi fino ai vent'anni. Kylie mi ha aiutata. Ma ci è voluto parecchio tempo anche dopo averla incontrata, perché lui non voleva lasciarmi andare. Ero la sua ladra migliore. Avevo paura di quello che avrebbe potuto fare… ma alla fine me ne sono andata, e non ho più *voluto* rubare nulla per più di un anno."

Mi ero guardata le mani durante tutta la confessione. Finalmente alzai lo sguardo verso il viso di Marco. L'espressione nei suoi occhi era dolce, ma il suo tono era secco e impertinente come sempre.

"Quindi la mia principessa è una tipa tosta. Direi che non ho nulla di cui lamentarmi."

Svanì anche l'ultima traccia di tensione dentro di me. Gli diedi uno spintone scherzoso alla spalla. "Anche tu sembri un tipo tosto. Che storia c'è dietro a quella cicatrice?"

Indicai il suo sopracciglio. Non appena gli posi la domanda, capii che non avrei dovuto toccare l'argomento. I muscoli di Marco, ancora in contatto con i miei, si tesero. Cavolo. Aprii la bocca per dirgli di lasciar perdere, ma proprio in quel momento sentii il sedere vibrare.

O meglio, il cellulare vibrò sotto il mio sedere. Mi spostai leggermente da Marco tra i cuscini e lo tirai fuori. Nel momento stesso in cui lessi la notifica sullo schermo, qualsiasi altra preoccupazione sparì dalla mia mente.

"Mi ha scritto Kylie," dissi, alzandomi subito in piedi. "Ha trovato qualcuno che ha riconosciuto il simbolo nel medaglione."

11

Ren

"È proprio nel bel mezzo del territorio dei vampiri," disse Nate, incrociando le braccia sul suo petto muscoloso e poggiandosi al bracciolo del divano. "Non possiamo semplicemente presentarci lì e aspettarci che ci diano il via libera."

"I miei osservatori si muovono per tutta la città regolarmente, senza nessun tipo di problema," rispose Marco. Si accomodò meglio sulla poltrona del salotto. "Finché non attiriamo l'attenzione su di noi, non si accorgeranno nemmeno che siamo lì. So che la discrezione non è il tuo forte, ma penso tu possa evitare di aggirarti per la città col solito passo pesante da orso, giusto?"

Nate gli lanciò uno sguardo torvo. West si fermò, smettendo di fare avanti e indietro davanti alla porta.

"Come sappiamo che possiamo fidarci di questa informazione? Non sappiamo neanche da chi arriva."

Strinsi le dita attorno al cellulare. Me ne stavo accovacciata a un'estremità del divano, ma mi raddrizzai per prendere parola. "Kylie conosce le persone con cui parla. Se non avesse considerato affidabile questo tizio, non me ne avrebbe parlato." Mi aveva riferito che un ragazzo con cui a volte giocava a biliardo faceva 'esplorazioni' urbane. Era piuttosto sicuro di aver visto il disegno della fiamma al contrario in un tunnel che portava alle stazioni abbandonate della metro di New York.

"Perché dovrebbe esserci qualcosa di legato ai mutaforma in un tunnel abbandonato della metro?" Chiese Nate.

Aaron, che se ne stava accanto al camino, alzò la testa. "Il luogo potrebbe essere stato scelto proprio per questo motivo, se i draghi avessero voluto tenerlo nascosto. Nessun mutaforma qualsiasi lo troverebbe lì. Ma Nate ha ragione, sarà difficile per noi quattro entrare in città tutti insieme senza che qualcuno se ne accorga. Ed è per questo che–"

"Per noi *cinque*," lo interruppi.

Sgranò gli occhi azzurri, con espressione confusa. "Cosa?"

Indicai il nostro gruppetto. "Hai detto 'noi quattro', ma siamo in cinque. Vengo anch'io, ovviamente."

A quanto pareva, invece, non era così ovvio. Aaron contrasse la mascella e Nate si innervosì, come se l'orso dentro di lui stesse per prendere il sopravvento.

"No," disse il ragazzo più grosso. "È già abbastanza pericoloso se andiamo solo noi. Il nostro compito è fare in modo che tu sia al sicuro, e questo significa che resterai qui."

"Stavo per suggerire che solo un alfa, o al massimo due, dovrebbero indagare," disse Aaron con la sua voce tenue e calma. "Non c'è bisogno nemmeno di andare tutti e quattro."

"Beh, anche se solo uno o due di voi andranno, ci sarò anch'io." Agitai il cellulare in aria. "Sono io che ho avuto l'informazione, ricordate? Ed è *per me*. Il simbolo è nel mio medaglione. È un messaggio da parte di mia madre. Se *qualcuno* ci deve andare, quella sono io."

Nate scosse la testa. "Se non fosse il territorio dei vampiri, non discuterei. Ma non comprendi a fondo la situazione. Non vale la pena rischiare, soprattutto visto che l'informazione potrebbe non essere affidabile."

Lo sguardo di Marco saettò tra di noi, la sua espressione era riflessiva e divertita al tempo stesso. Non mi stava dicendo di restare a casa, ma non si esponeva nemmeno a supportarmi. L'unica voce a mio favore fu quella di West, anche se, ovviamente, doveva dirlo nel modo peggiore possibile.

"Se dovrà diventare la regina di tutti i mutaforma, sarà meglio che sappia difendersi," ringhiò. "Lasciatela andare. Così avrà un assaggio del mondo soprannaturale al di fuori di questa assurda casa."

A quelle parole, Marco sollevò un sopracciglio. "Se non ti piacciono le comodità di questa casa, sentiti libero di dormire in giardino, stanotte."

"Chissenefrega della casa," dissi. "Se diventerò la *regina* di tutti i mutaforma, dovrei poter decidere per me stessa. E io dico che vado. Non avete idea di cosa potremmo dover cercare. Per quello che ne sappiamo, mia madre ha fatto in modo che solo io possa trovarlo o capire cosa farne. Non pensate che attirerà meno attenzione fare *un* viaggio *con* me, invece che due viaggi quando poi vi renderete conto che dopotutto vi sarei servita lì?"

"Potresti restare nei paraggi, pronta a raggiungerci in caso la tua presenza diventasse necessaria," suggerì Aaron.

"No, non esiste. Finora non ho *mai* avuto voce in capitolo, ma questo potrebbe essere l'ultimo messaggio di mia madre per me. Devo vederlo con i miei occhi."

"Ren," iniziò Nate, ma West lo interruppe.

"Vi fate ancora condizionare troppo dal passato. Questa è una situazione totalmente diversa. I vampiri non hanno nulla a che vedere con quello che è successo prima."

"Se gli diamo *fastidio*, i vampiri possono diventare molto pericolosi," disse Marco. "Non dovremmo ignorarli del tutto."

"Aspetta," dissi, mettendo via il cellulare. Strinsi con le dita il bracciolo del divano. "Di quale 'situazione passata' state parlando? Perché vi *preoccupate* così tanto di proteggermi? Cosa–"

Il frammento di un ricordo apparve nella mia mente. Solo un frammento, incerto e incompleto, ma con una scossa di panico che mi fece sentire un sapore metallico in bocca.

Ero raggomitolata sul pavimento e stringevo il braccio di una bambina poco più grande di me, pallida, con una chioma di boccoli biondi. Un'altra bambina, ancora più grande, era vicina a me dall'altro lato, e onde di capelli neri ricadevano sulla sua schiena tremante. La sua mano era stretta sulla mia testa, troppo tesa per darmi conforto.

Stavamo fissando tutte e tre mia madre – mia madre e il robusto uomo dall'ampio torace che stava litigando con lei. Avevo la sensazione che quella bassa voce rauca solitamente mi faceva sentire bene, ma in quel momento mi metteva agitazione.

"Devi andartene. Subito."

"Devo restare a combattere per ciò che è mio," insistette mia madre con occhi lampeggianti.

Un grido d'agonia risuonò nell'aria. Mia madre sussultò e l'espressione dell'uomo vacillò. "Ce ne sono troppi. Se proverai a combattere qui, perderai la possibilità di andartene. Vai. Fallo per loro."

Agitò il braccio verso di noi, e il ricordò svanì.

Mi lasciai andare in avanti sul divano, facendo cadere la testa tra le mani. L'immediatezza del momento era svanita, ma la sensazione non se n'era ancora andata. Quell'uomo… era uno dei miei padri. *Papà*, chiamò una parte di me con una fitta di dolore. E le bambine al mio fianco…

Alzai lo sguardo, portando le mani attorno al collo. I ragazzi erano ammutoliti, mi stavano guardando. Sentivo la gola secca. Deglutii a fatica.

"Avevo delle sorelle," dissi con voce spezzata. "Due, più grandi di me, non è vero? Perché mia madre è fuggita con me e non con loro? Cos'è *successo* a loro? Cos'è successo ai miei padri?"

Nate e Aaron si guardarono. Marco aprì la bocca ed esitò. West sembrava essersi mangiato la lingua, proprio ora che volevo la usasse.

"Ditemelo", eruppi. "Perché continuate a cercare di nascondermelo? Cosa temete che possa accadermi?"

"Ren," disse Nate duramente. Affondò nel divano, accanto a me. "Non avevamo intenzione di nascondertelo. Volevamo solo darti la possibilità di ambientarti, prima di dover affrontare anche questo."

"Questo cosa?" Chiesi, con voce improvvisamente acuta. Di qualunque cosa si trattasse, era terribile. Non avevo bisogno che me lo confermassero, il ricordo e le loro reazioni ne erano la prova.

Aaron prese fiato. "Una notte, una banda di mutaforma ribelli attaccò la tua famiglia, sedici anni fa," disse con calma. "Per quanto ne sappiamo, il loro obiettivo era uccidere te, tua madre e le tue sorelle – tutti i draghi – e i quattro alfa, che erano con voi quella notte. I tuoi padri morirono nel tentativo d'impedirgli di arrivare a te. I mutaforma ribelli presero le tue sorelle e le uccisero. Tua madre riuscì a fuggire solo con te."

Ero pronta per questa spiegazione, ma quelle parole mi sconvolsero lo stesso. Il mio stomaco si contorse. Nate mi offrì il suo braccio e io mi avvicinai subito a lui, lasciando che mi avvolgesse in un abbraccio. Il conforto offerto dal suo corpo possente riusciva a malapena ad attenuare l'orrore che provavo.

"E poi è scappata," conclusi il racconto. "Fino a New York. Temeva che avrebbero attaccato di nuovo." Per questo aveva tentato di renderci invisibili, ed era così spaventata che aveva deciso di reprimere i miei ricordi e poteri.

"Stando a quanto ci hai detto, probabilmente è andata così," disse Aaron.

"E personalmente non posso biasimarla," aggiunse Marco. "Ti ha tenuta al sicuro, e speriamo abbia fatto lo stesso per sé. Ha fatto ciò che era necessario." Lanciò uno sguardo tagliente a West, quasi volesse sfidarlo a rispondere, ma il lupo si era ritirato sulla soglia, il volto adombrato.

"Ma *perché?*" Esplosi. "Perché qualcuno avrebbe voluto farci del male così?" L'urlo del ricordo risuonò nelle mie orecchie – quell'atroce dolore. L'immagine dei volti delle mie sorelle… Nessuna di loro poteva avere più di dieci anni. E i ribelli le avevano semplicemente *massacrate*?

"Nessuno lo sa con certezza," disse Nate, accarezzandomi il braccio. "I tuoi padri e tua madre uccisero una banda di ribelli per difendersi, ma chiaramente i morti non possono dirci nulla. Quelli che sopravvissero se la diedero a gambe prima che chiunque potesse accorgersi di ciò che era successo. Non riuscirono mai a catturarli."

"Molto probabilmente avevano tentato un colpo di stato," disse Aaron. "La maggior parte di quelli che si rifiutano di allearsi con la propria famiglia di mutaforma prova molta amarezza e rabbia. A loro non piacciono le regole né chi le fa rispettare. Forse pensavano di poter diventare i nuovi alfa. Forse volevano solo causare disordini. Se saremo fortunati non li incontreremo mai più, e non avremo mai bisogno di saperlo."

"Ma se quel gruppo è ancora là fuori, e non c'è motivo per pensare il contrario, la prima cosa che vorranno fare se scoprono che sei viva è finire il lavoro che hanno iniziato," disse Marco, con un tono più lugubre del solito. Sollevò il mento verso Nate. "Ed è per questo che il nostro orso è diventato iperprotettivo."

"Non penso ci sia nulla di *iper* in tutto questo,"

borbottò Nate. "Capisci perché preferirei che tu restassi qui, Ren? Nessuno, a parte noi e i pochi assistenti di Marco, sa che ti abbiamo trovata. Più a lungo lo terremo nascosto, più tempo avremo prima di dover avere a che fare di nuovo con i ribelli."

Giusto. Più tempo per me per liberare i poteri che sembravano saldamente bloccati dentro di me, altrimenti non avrei avuto la benché minima possibilità di difendermi.

Un brivido mi percorse. C'erano persone là fuori che mi odiavano così tanto da volermi uccidere quando ero un'indifesa bambina di cinque anni.

E se questa volta ci fossero riuscite, cosa sarebbe successo ai mutaforma? Se ero l'ultimo drago, e fossi morta senza eredi… la mia razza si sarebbe estinta. Non ci sarebbe stato più nulla a tenere unite le quattro famiglie.

Il mio senso della comunità dei mutaforma era ancora vago, ma quel pensiero mi scosse nel profondo. Strinsi la mano di Nate. Capivo perché fosse così preoccupato, perché Aaron mi avesse invitata alla cautela, e anche perché Marco non avesse preso le mie difese. Avevano bisogno di me… e gli alfa prima di loro avevano già fallito una volta.

Anche io avevo bisogno di loro. Sentii la connessione con i quattro uomini attorno a me fervere nell'aria. Anche mentre un brivido mi percorreva, quella connessione mi calmò.

Non ero più sola. Ora avevo loro, come voleva il destino. Non potevo continuare a fuggire.

Mia madre mi aveva tolto i miei ricordi, ma non per

sempre. Ora sapevo chi ero, e avevo bisogno di continuare a ricordare.

Ero un drago.

Mi allontanai da Nate, stringendogli la mano per fargli capire che non lo stavo rifiutando. "Lo capisco," dissi, alzandomi. "Non vi biasimo per la vostra preoccupazione, ma verrò lo stesso. Mia madre mi ha lasciato questa strada da seguire, e nessuno potrà fermarmi."

12

Nate

Il nostro drago era davvero forte. Era seduta tra me e Marco sui sedili posteriori della berlina di Aaron, che ci stava conducendo verso la città, e teneva la schiena dritta con espressione decisa. Ma l'avevo presa per mano pochi minuti dopo essere saliti in auto, e lei da allora non aveva più mollato la presa. Le sue dita sottili erano saldamente intrecciate alle mie, e stringevano forte.

Sembravano così fragili, ma sapevo che lei non lo era. La notizia del massacro della sua famiglia l'aveva scioccata – era evidente. Non sarei mai riuscito a dimenticare com'era impallidita quando Aaron le aveva raccontato la sua storia, come se anche lei stesse morendo con le sue sorelle e i suoi padri, ormai defunti da molto tempo. Ma non si era fatta fermare dalle sue emozioni. Niente le avrebbe impedito di stare lì con noi, pronta ad affrontare qualsiasi cosa l'aspettasse.

Dovevo ammetterlo, *detestavo* il fatto che Ren fosse con noi. Mi si erano rizzati i peli sul collo non appena avevamo oltrepassato i confini della città. Non avevo ancora fiutato vampiri, ma ovunque c'era puzza di metallo e benzina bruciata. Anche se non c'erano sanguisughe nei dintorni, non era il posto adatto per i mutaforma. Al tempo stesso, però, ammiravo Ren. Forse non ricordava ancora molto, ma aveva senza dubbio la tempra di un drago.

Non appena avessimo capito cosa fosse successo a sua madre, avremmo potuto continuare con la nostra vita. Avevamo atteso tanto, durante gli ultimi sedici anni. Alfa e draghi – tutte le famiglie di mutaforma, ormai in armonia tra loro.

L'importante era che gli alfa non mandassero tutto a monte. West era seduto davanti, al posto del passeggero, come sempre circondato dal suo alone grigio e con espressione tetra. "Non c'è modo di evitare tutto questo traffico?" Borbottò ad Aaron, mentre avanzavamo piano nell'ingorgo. Per tutto il tempo si era comportato in modo distaccato con Ren. Come poteva pensare che allontanarla, gettando al vento l'eredità dei draghi, fosse la cosa giusta da fare?

E Marco… Non ci si poteva mai fidare davvero di un gatto. Era accasciato all'altro lato del sedile posteriore, con il gomito appoggiato al finestrino. "A cuccia, Fido," lo prese in giro. "Prima o poi arriveremo." Queste parole non fecero altro che trasformare l'espressione corrucciata di West in un'occhiataccia. L'alfa felino aveva sicuramente accolto Ren, ma si divertiva un po' troppo a causare problemi.

"Posso svoltare in una strada più avanti, dovrebbe essere meno trafficata," disse Aaron con calma. L'alfa alato sembrava piuttosto tranquillo, ma i volatili non socializzavano molto con gli altri. Non sapevo bene come inquadrarlo.

Noi orsi, e i simili su cui regnavamo, non avevamo mai messo in dubbio la nostra devozione alla legge dei mutaforma. *Io* sarei rimasto al fianco di Ren, qualunque cosa fosse accaduta. Almeno di questo poteva essere sicura.

Accarezzai con il pollice il dorso della sua mano, e lei si appoggiò un po' di più a me. Mi opposi alla tentazione di strofinare il naso tra i suoi capelli per sentire il suo dolce profumo; per ora dovevo restare concentrato e proteggerla. Per poter godere del piacere di avere una compagna avrei dovuto attendere fino alla fine della nostra missione.

Ma non vedevo l'ora, ancora di più adesso che l'avevo incontrata.

Aaron fermò l'auto. "Da qui in poi dobbiamo andare a piedi," disse. Ren mi guardò con un sorriso che scatenò nel mio petto una scossa di desiderio, seguita da una forte risolutezza.

Sarebbe uscita viva dalla città, o sarei morto lì anch'io.

Ren

Poggiai la mano sul muro del tunnel, che lasciò le mie dita umide e sporche. Arricciai il naso. Le scale da cui stavamo scendendo erano strette, l'aria fredda e umida, e tutto era immerso nell'oscurità, a eccezione del fascio di luce ondeggiante della torcia di Aaron, che ci faceva strada.

Non ero mai stata claustrofobica, ma questo posto mi metteva i brividi. Non c'era modo di correre o saltare.

O di spiegare le ali che ancora non ero riuscita a liberare.

Quantomeno la mia migliore amica era di nuovo con me. Kylie mi strinse l'altra mano, mentre avanzavamo gomito a gomito, e mi fece un gran sorriso. *Lei* sembrava più eccitata di me per questa spedizione. Forse perché non le era stata raccontata la storia del massacro di tutta la sua famiglia.

"Hai idea di cosa potremmo trovare quaggiù?" Mormorò. "Voglio dire, perché tua madre ha voluto che tu trovassi quel simbolo?"

Scossi la testa. "Al momento ne so quanto te." Riguardo ai piani di mia madre, perlomeno. Non appena ci eravamo incontrate all'ingresso della metro, Kylie mi aveva chiesto come stavo, ma non le avevo parlato di ciò che avevo scoperto sul mio passato. Mi sembrava troppo da scaricare addosso anche alla mia migliore amica; io stessa stavo ancora elaborando il tutto.

Ero certa di aver assistito ad altra violenza, oltre al breve frammento di ricordi che si era affacciato nella mia mente, ma finora non era arrivato altro, neanche dopo aver sentito l'intera storia. Forse era meglio così, o forse avrei preferito vedere anche le altre parti – ancora non lo sapevo. Riuscivo quasi ad avvertirle, come squali che si aggiravano nelle acque fin troppo profonde della mia mente. Prima o poi avrebbero raggiunto la superficie, e non sarebbe stato piacevole.

"Che avventura," disse Kylie, dandomi un colpetto con il gomito. "Sembravi piuttosto intima con quel ragazzone. È decisamente uno stallone."

Si riferiva a Nate. Era in fondo alla fila, diversi metri più indietro, a controllare che nessun intruso ostile ci cogliesse di sorpresa. Arrossii un po'. Mi stavo abituando all'idea che quei quattro ragazzi fossero destinati a diventare i miei compagni, ma sapevo che ad altri sarebbe sembrato piuttosto strano. Ad altri umani, perlomeno.

Senza dubbio non sarei riuscita a nasconderlo a Kylie ancora per molto – e neanche lo volevo.

"In realtà…" Cominciai, "mi sono avvicinata molto a tutti loro. Beh, almeno ai tre che non dedicano tutto il loro tempo a incenerirmi con lo sguardo." Lanciai un'occhiataccia alla schiena asciutta di West, che camminava subito dietro Aaron. "A quanto pare è così che funziona per i draghi. Dobbiamo, ehm, creare un legame con tutti gli alfa. È una sorta di legge."

Seguimmo i ragazzi oltre una porta cigolante, che portava a un tunnel più ampio ma egualmente buio e umido. La torcia di Aaron esplorò i muri curvi della metro abbandonata da tempo.

Kylie alzò di colpo le sopracciglia. "Aspetta. Quando dici *creare un legame*, intendi anche in senso fisico, giusto?"

Arrossii ancora di più. "Sì, diciamo così. Ma non siamo ancora arrivati *fin lì*."

Mi preparai a vedere la sua reazione scioccata o disgustata, ma Kylie si limitò a ridere. Alzo la mano per darmi il cinque. "Vai così, bella. Se avessi la possibilità di stare con quattro ragazzi come loro nello stesso momento, puoi scommetterci che lo farei. Non c'è modo migliore per dire addio alla tua verginità!"

In quel momento, desiderai di non averle confessato in passato che non ero mai arrivata fino in fondo con un ragazzo. "Sono piuttosto sicura che non accadrà con tutti loro contemporaneamente," dissi. Finora si erano avvicinati a me uno alla volta. Il pensiero che potessero baciarmi e toccarmi insieme scatenò una bramosia improvvisa dentro di me.

Forse non mi dispiaceva del tutto l'idea. Ma non era proprio il momento adatto per pensare a *quello*.

Kylie si fece seria in viso. "Stai *bene*, vero? Sei sicura di poter credere a tutto quello che ti hanno detto?"

"Sì. I miei pochi ricordi lo confermano. Sono sopraffatta ma, al tempo stesso, più scopro la verità e più mi sento me stessa." Mi zittii per un attimo. "*Non pensi* che sia una follia, vero? I mutaforma, i vampiri e chissà cos'altro?"

"Beh, ovviamente è una follia. Ma ciò non significa che io non ci creda. Ho visto lo stallone trasformarsi in un orso proprio davanti ai miei occhi. E so che sei una con la testa sulle spalle. È per questo che sei mia amica."

Mi cinse con un braccio per stringermi un secondo a lei, e quel gesto scatenò una fitta di dolore nel mio petto. Per *quanto* ancora avremmo potuto essere amiche? Quando – se – fossi stata in grado di ricoprire del tutto il ruolo di drago, non sarei più potuta uscire spesso a Brooklyn con Kylie.

Ci avremmo pensato più avanti, dopo aver capito dov'era mia madre e quale messaggio volesse mandarmi.

La voce di Aaron risuonò. "È qui." Stava indicando con la torcia un punto su uno dei muri. Ci avvicinammo tutti al cemento crepato e ai binari abbandonati. Avvertii una corrente d'aria che mi fece venire i brividi sulle braccia. Me le strofinai, avevo la pelle d'oca.

Il muro era composto da pietre, incastrate l'una con l'altra. La luce della torcia ne illuminava una rettangolare, su cui era stato inciso un simbolo come quello nel mio medaglione: una fiamma al contrario, in mezzo a una spirale. Il mio battito accelerò.

"È proprio uguale," dissi.

Mi guardai attorno come se, con il mio arrivo, mia madre potesse apparire dall'oscurità. Come se avesse potuto aspettarmi lì sotto per tutto questo tempo, o anche solo dal mio compleanno.

Nessuno si mosse nel buio, a parte la figura inquieta di West. Marco e Nate si avvicinarono furtivi alla pietra. Nate la toccò con un dito, poi fece un passo indietro.

Marco ne tastò i bordi con le sue dita più agili. "Non sembra minimamente intenzionata a svelare il suo segreto," sottolineò.

"Non ci sono segreti per te," dissi. Era per questo che avevo insistito così tanto per venire. Camminai verso il muro, fino alla luce della torcia. Quando mi avvicinai, il simbolo fece formicolare il mio corpo, attirando a sé le mie mani. Sollevai le braccia e premetti i palmi ai lati della fiamma – sembrava volere che lo facessi.

La pietra si mosse verso di me con uno stridio, e la mia

mente si schiuse di colpo. La consapevolezza di essere nel tunnel svanì in un'ondata di ricordi.

Ero bambina, stavo correndo nella foresta per cercare un posto dove nascondermi, prima che uno dei miei padri finisse di contare. Il lussurioso profumo della primavera inoltrata mi circondava. Mi accucciai dietro un albero e trattenni una risatina.

Io e le mie sorelle stavamo ballando attorno a mia madre, seguendo il ritmo della canzone pop proveniente dal suo vecchio stereo. Lei prendeva a turno le nostre mani, facendoci girare in tondo. Sentivo il rumore dei nostri piedi sul pavimento di legno.

Eravamo sedute in fila sul bordo di una pedana dove nostra madre stava tenendo udienza. Il bordo alto e le mie gambe corte facevano sì che potessi dondolarle senza toccare a terra. I mutaforma si avvicinavano a mia madre uno alla volta. Sussurrandoci nelle orecchie, provavamo a indovinare l'animale di ogni mutaforma in base all'odore e ai modi di fare. "Quello dev'essere un tasso." "No, no, direi un procione."

Stavamo correndo lungo il salone, nostra madre ci incitava ad andare più veloci. Il cuore mi batteva in gola. Dovevamo uscire all'aperto, dove lei avrebbe potuto trasformarsi e combattere. Un'immensa leonessa apparve da una porta e azzannò il braccio di mia sorella, facendo schizzare sangue rosso vivo ovunque. Strillai forte.

Ancora e ancora. Le schegge di ricordi mi colpivano fuori e dentro allo stesso tempo, accumulandosi nella mia mente e riversandosi in me dalla pietra. Mi sommergevano fino quasi a farmi annegare.

Poi rallentarono, fino a smettere di fluire. La mia

mente si fermò. Fui investita dalla voce di mia madre, dolce e cantilenante.

Mi dispiace davvero che sia dovuta andare così, Serenity. Ho fatto il possibile per tenerti al sicuro. Segui il cristallo—

Sentii un suono, come un respiro, che mi riportò di colpo alla realtà.

Ero di fronte al muro del tunnel della metro. Stringevo tra le dita la lastra di fredda pietra su cui era inciso il simbolo della fiamma. Era saltata fuori dal muro, rivelando una cavità buia. Gli alfa e Kylie erano ancora attorno a me, in attesa.

Sentivo le gambe tremare. Aaron fu subito al mio fianco, posando una mano rassicurante sulla mia spalla. Mi appoggiai a lui, cercando di dare un senso al vortice dei miei pensieri.

"Ora ricordo," dissi. Ma non era del tutto vero. La mia mente era piena dei ricordi d'infanzia che avevo appena recuperato, che però si scontravano l'uno con l'altro senza incastrarsi. Non li sentivo ancora del tutto miei; alcuni erano incompleti e nebulosi. Qualsiasi magia avesse usato mia madre per reprimerli, di certo non era perfetta.

"Cosa c'è lì dentro?" Chiese Kylie.

Scrutai attentamente lo spazio vuoto. Qualcosa di pallido e piatto era posato sulla ruvida parete interna. Poggiai la pietra ed estrassi l'oggetto nascosto, accarezzandone la superficie liscia con la punta delle dita.

Era un cerchio trasparente simile al vetro, ma più luminoso, grande il doppio del mio palmo. Sulla superficie era inciso un tenue motivo di linee e punti. Strizzai gli occhi per vedere meglio, cercando di capirne il senso, ma non formavano lettere o figure definite.

Segui il cristallo, aveva detto la voce di mia madre. Dedussi che questo era il cristallo. Come diavolo avrei dovuto *seguirlo*?

Mi voltai, facendolo ruotare tra le mani come se potessi spingerlo a darmi un segno, quando un rumore di passi risuonò lungo il tunnel. Mi bloccai. I ragazzi si voltarono per scrutare verso la stessa direzione.

Diverse figure si avvicinavano a noi, materializzandosi dall'oscurità. Si fermarono appena prima del fascio di luce della torcia di Aaron. Erano nove tra uomini e donne, tutti magri e con occhi infossati. Avevano la pelle di colore diverso, ma un tono giallastro li accomunava, come se non prendessero il sole da troppo tempo.

Oh. Capii chi erano nel momento stesso in cui il loro odore aspro raggiunse il mio naso. Non ne avevo mai incontrati prima, ma sapevo benissimo chi avevo davanti agli occhi.

I vampiri non avevano minacciato la mia famiglia in passato, ma senza dubbio lo stavano facendo ora.

Ren

Uno dei vampiri schiuse le esili labbra, testando l'aria con un movimento serpentino della lingua. Nella sua bocca luccicavano canini affilati. Repressi un brivido.

"Mutaforma," disse arricciando il naso, disgustato. "Siete lontani da casa, non è così? Questo è il nostro territorio. Ci sono delle conseguenze per chi lo invade, come sicuramente saprete."

Erano proprio dei viscidi bastardi. Feci un passo indietro verso il muro, ma mi era venuta la pelle d'oca. Se avevano intenzione di minacciare i miei alfa, avrebbero dovuto vedersela anche con me.

"Pensavamo non ci fosse nulla di male nel fare una passeggiata," rispose Marco a tono. "Stavamo ammirando la vista e godendoci un cambio di panorama."

Un paio di vampiri si guardarono attorno, come se si

stessero chiedendo se i mutaforma considerassero davvero panoramici i tunnel della metro. Il vampiro che aveva parlato sogghignò.

"Non abbiamo tempo per i giochetti."

Marco fece spallucce. "Strano, pensavo che essere immortali volesse dire avere tutto il tempo del mondo."

"Cosa ci fate qui?" Chiese il vampiro con tono deciso. "Non vi sareste mai spinti fin qui, nel nostro territorio, senza un motivo."

"Può darsi," disse West, incrociando le braccia sul petto. Era piacevole vedere il suo sguardo torvo rivolto a gente che se lo meritava, una volta tanto – se si potevano definire 'gente' i vampiri. "Ma non credere che resteremo qui impalati a chiacchierare con voi. Fatevi da parte e noi ce ne andremo."

I vampiri fecero l'esatto opposto. Si avvicinarono piano, facendo luccicare altri canini. Nate si strinse a me con i muscoli tesi, pronto a saltarmi davanti se fosse stato necessario.

"Rispondi alla mia domanda, o vi distruggeremo," disse il vampiro. "A quel punto, il motivo della vostra invasione non conterà neanche più."

Aaron fece un passo in avanti con le mani alzate. "Vi chiediamo perdono per questa intrusione nel vostro territorio," disse. "E mi scuso per la maleducazione dei miei amici. Avevamo una questione urgente di cui occuparci, che non ci ha lasciato il tempo di accordarci con i vostri capi. Giuro sulla Luna e sulla Terra che non siamo venuti con cattive intenzioni e che vorremmo andarcene in modo altrettanto pacifico."

"Ormai è troppo tardi," sibilò una donna in fondo al

gruppo di vampiri. "Siete venuti senza invito. Dovete pagare le conseguenze delle vostre azioni."

"Santo cielo," mi disse Kylie a denti stretti. "È ancora più assurdo di quel che pensassi."

Anche per me. La presi per mano, avvicinandola. Non avrei lasciato che facessero del male proprio *a lei*, soprattutto visto che era venuta solo per aiutarmi. Avremmo dovuto limitarci a chiederle le indicazioni e venire da soli. Ma, egoisticamente, volevo cogliere l'occasione per parlarle – era l'unica persona che apparteneva alla mia vecchia vita con cui *potevo* ancora parlare.

"Vi prego," stava dicendo Aaron. "Non serve arrivare alla violenza. Abbiamo finito qui, era una questione da mutaforma, nulla a che vedere con voi. Se–"

"Basta chiacchiere," lo interruppe il primo vampiro. Il suo sguardo gelido si posò su di me. "Questa qui ha qualcosa di strano. È diversa dalle bestie che conosco." Socchiuse gli occhi. "Cosa *sei* tu?"

Schioccò le dita e il vampiro dietro di lui si diresse veloce verso di me, come se volesse prendermi. Nate si frappose a noi, ringhiando. Spinse il vampiro indietro verso il gruppo, con così tanta forza da farlo cadere.

"Non osare toccarla."

Il capo dei vampiri fece una smorfia. "Questo è il nostro territorio, prendiamo quello che vogliamo. Se vi rifiutate di obbedire, non potete restare."

E proprio così, i vampiri balzarono verso di noi in un unico movimento rapido. Strillai. Diedi uno strattone a Kylie per farla indietreggiare, mentre i quattro alfa si lanciarono in avanti per affrontare la carica dei vampiri.

Si trasformarono correndo. La figura di Nate si gonfiò sotto i vestiti, diventando l'orso che avevo incontrato il giorno prima nel salotto di Marco – solo che ora aveva ben poco di quell'orsacchiotto. Si lanciò in avanti, schiantando la testa di un vampiro contro il muro con un tonfo nauseante, colpendo poi con l'enorme zampa un altro vampiro che cercava di scansarlo.

Un'aquila dorata s'innalzò rapida da un mucchio di vestiti e si tuffò sfoderando gli artigli, aggiuntando la faccia di uno dei vampiri. Il grido di battaglia di Aaron risuonò nel tunnel. La luce della torcia, caduta a terra, brillava attraverso le piume luminose delle sue enormi ali.

Un lupo saltò fuori dai jeans di West, la pelliccia rossastra dai riflessi argentei splendeva nella luce tremolante. Azzannò le gambe di uno dei vampiri e lo scagliò via. Il vampiro rotolò lungo il pavimento del tunnel e sbatté la testa contro i binari della metro. Il lupo si voltò, pronto ad attaccarne un altro. Notai un bagliore rosso acceso sul suo petto. Il vampiro l'aveva forse ferito?

Un grosso giaguaro nero si lanciò nella mischia. Marco buttò a terra un altro vampiro, placcandolo. La sua coda liscia saettava avanti e indietro, sferzando il vampiro sulla guancia. Il rumore di un collo spezzato riecheggiò nel tunnel.

Quella violenza era terribile, ma al tempo stesso la forza e la velocità dei miei compagni mutaforma mi lasciava senza fiato. Non erano solo una sorta di costume da indossare, loro *erano* quegli animali, nel profondo dell'anima, e i loro movimenti erano pura magia.

Strinsi più forte la mano di Kylie. Sentivo il cuore in gola. I ragazzi avevano steso alcuni dei vampiri, ma gli altri stavano ancora lottando, agitando i pugnali e sfoderando i canini. Avrei dovuto stare al fianco dei miei compagni, a fare la mia parte. Era per colpa mia se eravamo tutti lì.

Ma cosa avrei potuto fare con il mio corpo umano contro quei morti viventi? Non mi ero mai sentita così inutile come in quel momento, lì, nell'aria umida del tunnel. Non avevo armi né artigli, a parte quelli che sfregavano dentro il mio petto. Se mi fossi lanciata nella mischia e avessi provato a combattere, avrei solo dato ai vampiri la possibilità di prendermi e volgere la situazione a loro vantaggio.

Se fossi riuscita a trasformarmi... Se avessi potuto affiancarli come loro pari, dimostrando che valeva la pena correre dei rischi per me...

Spinsi Kylie contro il muro. "Resta qui," le dissi. "Qualsiasi cosa accada. Non avvicinarti a loro."

Lei annuì, stranamente senza parole. Strinsi i pugni con lo sguardo fisso sullo scontro. Sapevo cos'avrei dovuto sentire durante la trasformazione, i miei ricordi me ne avevano dato un assaggio. Quella sensazione di allungarsi – di spiegarsi – che avrebbe attraversato il mio corpo. Volevo sentirla in quel momento, disperatamente.

Mi concentrai sui graffi spasmodici di quegli artigli dentro di me. *Esplodi. Liberati. Lascia andare il drago dentro di te*. Io *ero* quel drago. Ne ero certa, tanto quanto sapevo che quella figura squamata che volava sopra di me, nei miei ricordi, era mia madre. Riuscivo ad avvertire sulla lingua il sentore di bruciato del suo respiro ardente.

Ma il mio corpo non mi assecondò, rimase nella sua forma umana. Il drago era ancora bloccato dentro di me.

Gemetti, sforzandomi con tutta la mia volontà, ma restai esattamente la stessa, ancora lì in piedi.

Avevo sbloccato i miei ricordi, la magia di mia madre era svanita. Allora perché era ancora così difficile per me seguire la mia vera natura?

Davanti a me, un vampiro colpì Nate sul fianco, tracciando una striatura rosso scuro attraverso la pelliccia nocciola dell'orso. Lui urlò e agitò la zampa, ma il vampiro si scostò rapidamente. Un'altra sanguisuga stava lottando a terra contro Marco. Affondò i canini nella zampa del giaguaro, che lasciò andare un guaito di dolore.

Il ricordo della leonessa che affondava le zanne su mia sorella riapparve nella mia mente. Liberò altri frammenti: piccoli pezzi di passato a cui non volevo pensare in quel momento. Un facocero che colpiva con le zanne il fianco di un grosso leone fulvo di montagna. *Papà.* Un pavimento lucido macchiato di sangue. Le dita di mia madre che stringevano le mie così forte da farmi sentire fitte di dolore nelle ossa. Un lamento che si dissolveva in un gorgoglio mentre una gola veniva tagliata.

Il rimbombo di una risata rauca che sembrava echeggiare tutto attorno a me, che si acuiva man mano che il sangue scorreva più veloce.

Mi si contorse lo stomaco, minacciando di far risalire in gola il pranzo ingurgitato in fretta. Mi aggrappai al muro per non perdere l'equilibrio.

"Ren!" Urlò Kylie. Mi strinse da dietro. Mi lasciai andare su di lei solo per un secondo, poi mi spinsi in avanti.

Dovevo aiutare in qualche modo. Non potevo stare in disparte durante un altro massacro.

Mi misi subito alla ricerca di un'arma. Vicino al muro sul lato opposto c'era un pezzo di tubo piegato. Lo afferrai, girai su me stessa alla ricerca di un obiettivo da colpire in testa – e mi fermai.

Non era rimasto nessuno da colpire. Mentre ero presa dai miei ricordi, gli alfa avevano portato a termine la lotta. Il lupo aveva appena finito di squarciare la gola di un vampiro. L'orso schiantò ancora una volta contro il muro l'ultimo nemico cosciente, e la sanguisuga cadde a terra. Aaron e Marco erano già tornati alla loro forma umana. Del sangue macchiava il braccio e il fianco di Marco, e Aaron zoppicava leggermente mentre si dirigeva verso i suoi vestiti abbandonati, ma per il resto stavano bene.

E intendevo proprio *bene*. Nonostante l'adrenalina da combattimento scorresse ancora nelle mie vene, non potevo non apprezzare i loro incredibili corpi. Gli dèi si erano davvero superati quando avevano creato quel quartetto di uomini.

Il notevole, ehm… apparato di Aaron e l'altrettanto spettacolare didietro sparirono nei suoi boxer e poi nei jeans. Marco scavalcò con calma il corpo di uno dei vampiri, come se non gli importasse minimamente di mostrare la sua attrezzatura a chiunque volesse dare un'occhiata. No, decisamente non gli importava. Mi lanciò un'occhiata oltre la spalla muscolosa e mi fece l'occhiolino. Arrossii.

"Ren," disse Nate, tornato in forma umana. Si diresse a grandi passi verso di me e poi si fermò, forse rendendosi conto del fatto che il suo grosso corpo muscoloso insieme alla nudità potevano essere un po' troppo. Sospettavo che i suoi vestiti non fossero sopravvissuti alla trasformazione.

Aaron lanciò la sua maglietta a Nate, che mi fece un sorriso timido mentre se la annodava in vita per l'improvviso senso del pudore. "Stai bene? Non ti hanno fatto del male?"

Scossi la testa e guardai verso Kylie. Anche lei stava bene, ma aveva le nocche bianche per aver stretto le mani attorno all'orlo della sua canotta. "È finita?" Chiesi. "Li avete… uccisi tutti?"

"Non sono morti," disse Marco, dando un colpetto con il piede alla gamba di uno di loro. "O comunque non sono più morti di quanto già non fossero. Ma per un po' non ci daranno fastidio."

"Quando i vampiri sono feriti piuttosto gravemente, vanno in stasi durante il processo di guarigione," spiegò Aaron. "Saranno fuori gioco almeno per qualche ora."

"Attaccare un gruppo di alfa non è stata la loro migliore idea," disse Marco con leggerezza. "Così imparano a fare gli spavaldi."

Aaron gli lanciò uno sguardo di avvertimento. "Nemmeno noi vogliamo fare gli spavaldi. Potrebbero arrivare dei rinforzi. Sicuramente riporteranno l'accaduto, non appena si riprenderanno. Quando succederà, il signore vampiro di quest'area se la prenderà con noi. *Avevano* il diritto di farci domande e attaccare, dopo averci trovati nel loro territorio."

Marco fece spallucce, ma l'espressione di Nate si fece cupa. "Dobbiamo portare via Ren, e in fretta."

Aaron annuì. "Non penso sia una buona idea stare ancora a casa di Marco. È il primo posto in cui andranno a cercare dei mutaforma che sono passati di qui da poco. Ci sono altri insediamenti di nostri simili a cui possiamo arrivare in giornata, guadagnando comunque un po' di vantaggio?"

West sospirò. Spostai lo sguardo su di lui. Non mi ero accorta che era tornato alla sua forma umana, e si era anche già rivestito. Si stava abbottonando la camicia, sotto cui si intravedeva qualcosa di bianco simile a una benda, e degli addominali che avrebbero fatto piangere d'invidia i migliori atleti. Anche se era un idiota, un po' mi dispiaceva essermi persa lo spettacolo completo.

Poi ricominciò a parlare. Purtroppo.

"La mia famiglia di mutaforma ha un villaggio a sud di Morgantown, in Virginia Occidentale," disse con tono palesemente riluttante. "O volete rintanarvi ancora più lontano?"

Aaron lo soppesò con lo sguardo. "Penso che possa andare." Si voltò verso Kylie. "Non devi venire con noi se preferisci restare qui, ma penso sarebbe meglio se tu restassi per un po' fuori città. Se i vampiri hanno sentito il tuo odore, potrebbero cercarti."

Kylie lanciò uno sguardo apertamente lascivo al suo petto nudo – e muscoloso – e gli fece un grande sorriso impertinente. "Oh, non preoccuparti, preferisco *davvero* restare con voi, piuttosto che con quegli esseri viscidi." Allungò una mano verso di me. "Si parte! Faremo una bella gita, proprio come abbiamo sempre sognato."

Riuscii a sorridere mentre intrecciavo le mie dita alle sue. Non era il viaggio che avevo immaginato d'intraprendere con la mia migliore amica. Per cominciare, avrei preferito lasciarmi alle spalle meno corpi semimorti. E poi, avrei fatto a meno della minaccia di vendetta dei vampiri che incombeva su di noi.

14

Ren

Per la terza volta in altrettanti giorni, mi svegliai in un letto a me sconosciuto. La casa, che sembrava più che altro una baita, non aveva l'aria condizionata, e il calore di quel mattino inoltrato di giugno si faceva sentire. Avevo calciato via la coperta e il lenzuolo era arrotolato attorno alle mie gambe.

Mi misi a sedere sul letto singolo, osservando bene la camera che avevo solo intravisto nella penombra quando eravamo arrivati a tarda notte. Alcuni compagni canidi di West ci avrebbero ospitati, per il momento.

Kylie era spaparanzata sul letto uguale al mio di fronte a me, con il viso sepolto nel cuscino, da cui proveniva un russare sommesso. Gli unici altri arredi presenti in camera erano un tappeto consunto, un armadio di cedro che emanava un aroma dolce e pungente, e uno sgabello vicino alla finestra. La luce del giorno illuminava il pavimento in legno.

Mi liberai dal lenzuolo e rovistai nella borsa che avevo preparato prima della nostra fuga dalla città. I ragazzi avevano dato a me e Kylie il permesso di passare al volo dal nostro appartamento, così ora avevo alcuni ricambi miei invece che i vestiti eleganti di Marco. C'era il rischio che dovessimo correre – o combattere – di nuovo, così indossai i pantaloni della tuta e una maglietta comoda. Una volta vestita, raccolsi in una treccia i miei scuri capelli mossi.

Mia madre mi faceva sempre le trecce, quando ero piccola. Il ricordo delle sue dita fu come una carezza sulla nuca, mentre mi acconciavo i capelli. Mi si strinse la gola.

Segui il cristallo, mi aveva detto la sua voce il giorno prima. Avevo trascorso un sacco di tempo, durante il viaggio verso la Virginia dell'Ovest, a fissare la pietra, e ancora non avevo la minima idea di come avrei dovuto seguirla. Se avessi dovuto capirlo dal motivo inciso, allora ero ancora in alto mare. Mi sembrava solo un'accozzaglia di linee e punti a caso.

Perché sei dovuta partire, mamma? Pensai a lei, ovunque fosse. *Perché non sei rimasta ad affrontare tutto questo con me? Perché non mi hai spiegato nulla prima di andartene?*

In quel momento non avrei ottenuto risposta alle mie domande, ovviamente. Sospirai e aprii la porta.

O la casa era vuota, o stavano ancora dormendo tutti. Le prelibatezze sul tavolo della cucina lasciavano intendere che *qualcuno* era già passato di lì. Delle focaccine ai mirtilli appena sfornate emanavano un intenso profumo zuccheroso. Esitai, ma la tavola era palesemente apparecchiata per gli ospiti. Ne afferrai una, ci spalmai sopra abbondante burro e uscii dalla porta d'ingresso mentre l'addentavo.

Il dolcetto friabile si scioglieva in bocca. Ero in paradiso. Chiusi gli occhi, assaporandolo, poi sbirciai fuori.

Il villaggio in cui ci eravamo fermati sembrava interamente abitato da mutaforma. Durante il viaggio, Aaron mi aveva parlato della loro cultura. Stando a quanto mi aveva detto, era piuttosto comune per i mutaforma creare delle comunità, dando l'illusione a chiunque passasse di essere degli umani qualsiasi, ma godendosi la libertà di essere se stessi durante il resto del tempo. "È più facile che stare sempre all'erta e ricordare di doversi mimetizzare."

Dalla soglia della baita, guardando oltre la terra compatta di quello che sembrava essere il parco del paesino, capii perché tutto questo potesse risultare allettante. Molte delle persone che passeggiavano tra i negozi o chiacchieravano con gli amici sembravano normali esseri umani. Però, lì vicino, c'era un gruppo di ragazzi intenti a pavoneggiarsi facendo sporgere le orecchie canine dai capelli. Là in fondo, una coppia di volpi, forse di ritorno dalla corsa mattutina, rientrava in casa infilandosi dalla porticina oscillante sul retro. Il senso di libertà nell'aria fece svanire le mie preoccupazioni del giorno prima.

Mentre osservavo l'ambiente attorno a me, individuai una figura familiare vicino al parco. La luce del mattino faceva risplendere l'argento tra i capelli ramati di West, ricordandomi il suo pelo rossiccio da lupo con striature argentee. Stava camminando accanto a una donna anziana, che parlava gesticolando. Quando lei si fermò, lui le disse qualcosa che la fece illuminare in viso.

West le strinse le mani e avvicinò il viso al suo. Quando poi si raddrizzò, lei gli diede dei buffetti affettuosi sulla guancia e lui si allontanò sorridendole.

Un paio di ragazzini passarono vicino a lui e, a giudicare dalle loro espressioni, lo stavano provocando; West colpì per gioco all'orecchio uno dei due. Finsero per un po' di lottare, West stava chiaramente lasciando che il ragazzino testasse la sua forza. Si lasciò colpire da un paio di pugni, poi lo prese e con una rapida mossa lo ribaltò, facendolo cadere all'indietro.

Il ragazzino scosse la testa, ridendo mestamente, e West fece un gran sorriso – uno vero, rilassato, diverso dai sorrisi tesi che gli avevo visto fare fino ad allora. Sentii una fitta nel petto: era il nostro legame che mi spingeva verso di lui. Quell'uomo, che si comportava da vero alfa con la sua gente… Mi sarei potuta innamorare davvero di lui.

Come se avesse avvertito i miei occhi su di lui, West si voltò verso di me. I nostri sguardi rimasero incatenati e una scarica di calore mi attraversò, facendomi battere forte il cuore.

Meglio non restare lì imbambolata, giusto? Mi alzai dall'ingresso della baita e passeggiai verso il parco.

I due ragazzini accanto a West mi scrutarono mentre mi avvicinavo. All'inizio pensai fosse normale curiosità, ma uno di loro fece un cenno verso il resto del gruppo. Prima ancora che avessi raggiunto West, mi ritrovai circondata. Mi osservavano con attenzione, arricciando leggermente il naso.

"Tu sei il drago mutaforma," disse una di loro con ammirazione. "Ma è fantastico! Siamo i primi a incontrarti da quando sei tornata."

"Oh," dissi, sentendomi in imbarazzo. "Già, direi di sì. Ehm, è un piacere anche per me."

"*Devo* vederti mentre ti trasformi," disse l'altro. "Dev'essere incredibile."

"Beh…"

"Ragazzi!" Una voce di donna li richiamò. Una coppia di mezz'età ci raggiunse, e la donna fece allontanare i ragazzini. Poi si rivolse a me: "Mi dispiace davvero. Alla loro età non sanno ancora come mostrare rispetto, ed è passato così tanto tempo… È un onore offrirti la nostra ospitalità."

"Questo è un evento storico," convenne il marito. Mi strinse brevemente la mano, sorridendo felice.

Altre persone stavano uscendo dalle loro case e dai negozi intorno a noi. Sentii il petto stringersi, le mani prudere. Le ritirai subito – troppo tardi. Un cerchio di metallo tiepido premeva sul palmo della mia mano. Avevo rubato l'anello della donna, senza nemmeno averne intenzione.

Arrossii per l'imbarazzo, mi abbassai e finsi di raccoglierlo da terra. "Credo le sia caduto questo," dissi, porgendole l'anello.

"Oh! Grazie mille. Non capisco come possa essermi scivolato."

Mi morsi la lingua, mentre una folla sempre più ampia si stava radunando attorno a me. Si era diffusa la notizia della mia presenza, e le voci sul 'drago mutaforma' si stavano spargendo. Una ragazzina si stava vantando, "Io le ho parlato per prima!"

Cosa si aspettavano da me? Sperai di cuore che non volessero vedere i miei eccezionali – e inesistenti – poteri da mutaforma.

West si fece strada in mezzo alla folla. Per la prima volta da quando ci eravamo conosciuti, dovevo ammettere che ero felice di vederlo. Mi fece un sorriso laconico, ma l'espressione nei suoi occhi verde foresta era più dolce del solito.

"Se non sbaglio, ci sono un paio di cose di cui dobbiamo discutere in privato," disse a voce alta, per farsi sentire. Le persone attorno a noi si fecero indietro mentre lui mi riconduceva verso la casa in cui avevo trascorso la notte. Sfiorò con la mano il mio braccio nudo. Nonostante fossi sopraffatta dagli eventi, percepii la vicinanza del suo corpo a pochi centimetri dal mio in modo molto più netto, sentendo un fremito.

West si fermò quando ormai non eravamo più a portata d'orecchio, e si fece da parte per darmi più spazio. Avvertii anche quel distacco come se qualcosa dentro di me si stesse strappando. Non importava cosa pensassi del lupo alfa e del suo atteggiamento, una parte di me voleva stargli molto, molto vicina.

"Sono tutti, ehm, davvero entusiasti," dissi, sperando che il mio desiderio per lui non fosse evidente.

West si strofinò il mento, coperto da un velo di barba corta che rendeva il suo bellissimo viso ancora più attraente. Si voltò indietro, verso il parco. "Hanno atteso a lungo il ritorno dei draghi. Vederti qui dà speranza a chi prima non l'aveva."

"Ma non a te," dissi per punzecchiarlo.

Lui fece spallucce. "Non ho ancora deciso."

E perché avrebbe dovuto, quando tutto quello che ero riuscita a fare il giorno prima era stato rintanarmi in un angolo mentre le nostre vite erano in pericolo? Repressi una smorfia e mi voltai, seguendo il suo sguardo. Diversi abitanti del villaggio stavano ancora facendo capannello, lanciando occhiate verso di noi. Stavano parlando di me?

Mentre mi guardavo attorno, avvertii qualcosa di strano. Mi ci vollero parecchi secondi prima di capire cos'era. "Non ci sono bambini. O c'è qualche regola in merito a quando possono uscire di casa?" Non avevo visto nessuno che non sembrasse già adolescente.

West s'irrigidì. "È da sedici anni che non nascono bambini mutaforma, perlomeno tra le quattro famiglie. I mutaforma non possono concepire se i loro alfa non hanno una compagna. È un blocco biologico, per fare in modo che non nascano piccoli vulnerabili durante periodi molto difficili."

"Oh." Spalancai gli occhi. "Da quando io…" Da quando *mia madre e io* ci eravamo nascoste a New York, nessun mutaforma aveva potuto avere bambini. Guardai West, che stava ancora osservando il parco, più cupo del solito in volto. "Avresti *potuto* scegliere una compagna diversa? Non so ancora bene come funziona."

"Sì," disse. "Potrei ancora. Avrei potuto rifiutare il legame esistente per formarne uno nuovo. Ma una volta fatto, un mutaforma non può più accoppiarsi con chi ha scartato. Non si può più cambiare idea."

Mi si strinse lo stomaco. Quindi per tutto questo tempo, nonostante i suoi dubbi, lui mi aveva aspettata, pur dovendo assistere all'impossibilità dei suoi simili di procreare.

Forse non avrei dovuto accusarlo di essere poco leale.

"Non… sembrerebbe essere un problema per te," dissi esitante.

West si voltò di scatto verso di me. "*Ho detto* che non ho ancora deciso." Strofinò il pollice sul palmo della sua mano, sopra la cicatrice identica a quella che mi aveva mostrato Aaron. Il marchio degli alfa. "Sentivo che eri viva, anche se non sapevo dov'eri. Non credevo saresti stata via per sempre. Non è una mossa furba rinunciare a qualcosa senza sapere cos'è."

"Però a quanto pare pensi che valga la pena mantenermi in vita," dissi, inclinando la testa con fare pensoso. "Ieri hai lottato contro i vampiri per salvarmi, e dovrei ringraziarti per questo. Quindi grazie, dico davvero."

"Non è stato niente di che," disse West, con voce di nuovo roca. "Nessun vampiro potrà mai ferirmi. *Tu* hai causato parecchi problemi, però."

"Già. L'ho notato, e mi dispiace. Nulla di tutto questo faceva parte dei miei programmi."

"Certo che no." Studiò il mio viso, mentre un po' di tensione abbandonava il suo. Per un secondo, pensai che avrebbe aggiunto qualcosa. Il mio battito si fece irregolare per l'intensità del suo sguardo, ma non disse nulla.

Sentii il bisogno d'interrompere il silenzio, che stava iniziando a mettermi a disagio. "Pensi davvero che le vecchie tradizioni, con i draghi e gli alfa, potrebbero essere sbagliate?"

Lui guardò in lontananza, verso gli edifici attorno a

noi. "Non lo so. Quel sistema si è rivelato fragile, e questo non mi piace. È bastato un attacco efferato per farci quasi cadere nel caos. Se i ribelli avessero preso te e tua madre… Non sto dicendo che sia del tutto sbagliato, ma non voglio nemmeno dare per scontato che sia giusto. Voglio essere sicuro di fare la cosa migliore per i miei simili, prima di agire senza più poter tornare indietro."

Beh, se me l'avesse spiegato subito, forse non avrei trascorso buona parte degli ultimi due giorni arrabbiata con lui. "Okay," dissi. "È un ottimo ragionamento e lo rispetto."

Mi lanciò un'occhiata allibita. "Cosa c'è?" Chiesi, piantando le mani sui fianchi. "Non mi ritenevi capace di offrire della semplice empatia umana?"

Gli angoli della sua bocca fremettero. "A dirla tutta, non sei davvero umana."

"Semplice empatia mutaforma, allora. Mi è parso di capire che ce l'abbiamo anche noi."

"A volte." Il suo sguardo rimase fisso su di me. L'energia tra di noi si era trasformata, e avvertivo un formicolio elettrico sulla pelle. Lui sollevò la mano. In parte mi aspettavo che si sarebbe sporto verso di me, per avvicinarmi.

Fece un gesto altezzoso e si allontanò. "Devo ancora parlare con alcune persone, qui in paese," disse. "Cerca di non causare *ancora* guai, okay, Scintilla?"

"Farò del mio meglio," mormorai. Era la mia immaginazione, o per la prima volta quel nomignolo mi era parso vagamente affettuoso? Difficile da capire, quando usava quel tono burbero e pragmatico.

West si avviò a passo deciso lungo la strada. Doveva

aver detto qualcosa alle persone rimaste al parco, perché il gruppetto che mi stava osservando si disperse. Mi strofinai le braccia irrequieta, immersa nel calore del sole estivo, e in quello diffusosi dentro di me mentre ero al suo fianco.

"Eccoti qui," disse una voce flebile alle mie spalle. Quando mi voltai, una donna anziana con una nuvola di crespi capelli bianchi venne verso di me. Mi diede dei buffetti sulla mano. "Mi chiamo Matilda. Piacere di conoscerti, drago mutaforma."

Il suo modo di fare era così diretto, in confronto a tutta la meraviglia degli altri abitanti, che mi rilassai subito. "Piacere mio, Matilda."

Con gli occhi color nocciola guardò verso la direzione presa da West. "Sono felice che Westley ti abbia finalmente trovata," disse. "So che è una cosa buona per lui."

West*ley*, eh? Mi sfuggì una risatina. "Non sono così sicura che lui sarebbe d'accordo."

"Oh, non lasciarti scoraggiare dal suo atteggiamento. È un bravo ragazzo, anche se ci impiega tanto a fidarsi."

Da quanto tempo lo conosceva? Da quando era bambino… o cucciolo? E ora lui guidava l'intera famiglia. "Sembra che tutti qui provino molto rispetto per lui," dissi.

"Se l'è guadagnato," rispose Matilda, accompagnando quell'affermazione con un tenue verso di conferma. "Quel ragazzo ha sempre messo i suoi simili davanti a tutto, anche alle persone a cui teneva di più."

Quella sembrava una storia che avevo bisogno di ascoltare, ma prima che potessi insistere per saperne di più, arrivò Nate. Inchinò la testa in segno di rispetto verso l'anziana mutaforma e si voltò verso di me.

"Dopo quello che è successo ieri sera, abbiamo pensato che potrebbe essere una buona idea insegnarti qualche mossa di autodifesa, Ren. Se ti va."

Andava bene qualsiasi cosa, purché significasse non restare immobile come una damigella disperata durante i prossimi combattimenti, per quanto sperassi non ce ne sarebbero stati.

"Certo," dissi. "Sono tutta vostra".

15

Marco

Forse la mia Principessa del Fuoco non sarebbe riuscita a sconfiggere vampiri da un giorno all'altro, ma non mancava molto perché imparasse a difendersi da sola. Stava imitando il movimento dei pugni che le mostrava Aaron, mentre le grandi mani alzate di Nate fungevano da bersagli.

L'orso provò a colpirla con la gamba e lei si scansò con scioltezza. Aaron l'afferrò per le spalle e lei si liberò, come le aveva insegnato lui, facendo un gran sorriso. L'esercizio fisico le aveva arrossato le guance, rendendola ancora più seducente. Avrei scommesso che il suo corpo agile era bollente ovunque.

Io, Kylie e West li guardavamo dall'estremità dello spiazzo alla periferia del villaggio. L'amica umana di Ren fischiava e faceva il tifo. Il lupo sembrava aver mangiato qualcosa di andato a male, ma quella era la sua solita espressione, quindi era difficile cogliere altro.

Ren aveva molto da imparare, però. I ragazzi ci stavano ancora andando piano con lei, ma non ero sicuro che fosse la tattica migliore. Non avevano capito che quella ragazza era un fuoco d'artificio? C'era così tanto potere pronto a esplodere in lei.

E quando sarebbe successo, io sarei stato al suo fianco.

Aaron e Ren si scambiarono un paio di colpi di prova. Lei lo bloccò e sferrò un pugno, colpendolo alle costole. "Bene," disse lui. "Riesci a sentire l'energia del combattimento che richiama il tuo drago? Prova ad afferrarla e a portarla in superficie."

Ren annuì, la determinazione dipinta in viso. Oh, principessa, come se una trasformazione fosse qualcosa da forzare! Aveva bisogno di fare amicizia con il drago dentro di lei, non di lottarci contro.

Fu il turno di Nate, che iniziò a muoversi avanti e indietro con sorprendente velocità per uno della sua stazza. L'orso non era solo grosso, dopotutto. Spinse Ren all'indietro fino a quando lei schivò uno dei suoi colpi e girò di scatto attorno a lui. Un luccichio feroce le illuminò gli occhi. Poi vacillò. Con le spalle curve, si passò una mano sulla bocca.

"Ci sto provando," disse ad Aaron. "Riesco a sentirlo. Non so perché sono così bloccata."

Mi feci avanti. "Forse hai bisogno di una provocazione diversa," suggerii.

Lei si raddrizzò, il fuoco nei suoi occhi era riapparso. "Cos'hai in mente?"

Feci ruotare le spalle, per testare la libertà di

movimento che mi concedeva la camicia. Il tessuto era abbastanza elastico da farmi sentire comodo. "Allenati un po' con me e vedrai."

Aaron m'invitò a farmi avanti e prendere il comando. "Se pensi di avere un'idea migliore, Marco…"

"Anche se non l'avessi, cambiare un po' le cose non fa mai male." Gli feci un sorriso, che poi rivolsi a Ren. "Andiamo, principessa."

Ci muovevamo in circolo, Ren mi guardava con attenzione aspettando che io facessi la prima mossa per decidere come rispondere. Va bene, l'avrei assecondata. Feci una finta e assestai un colpo controllato al suo stomaco. Lei lo schivò, respingendo il mio braccio con una mossa ben eseguita. Poi mi attaccò, cercando di conficcarmi il gomito nelle costole. Feci appena in tempo a scansarlo. Cavolo, la ragazza era veloce, quando voleva.

Mi avvicinai, accelerando i miei movimenti. Un colpo alla spalla, un altro sul collo. E altre piccole mosse, studiate al punto da sapere con certezza che avrebbero funzionato. Una carezza sul fianco, un tocco fugace sulla schiena. Bloccai il suo pugno, e lasciai che le mie nocche sfiorassero la punta del suo seno.

Lei trattenne il respiro, le sue guance arrossirono ancora di più. Mi guardò con occhi socchiusi, come se volesse dirmi che aveva capito cosa stavo facendo. Andava bene così, volevo che lo sentisse, che avvertisse il desiderio tra di noi, sempre più forte a ogni tocco.

Se lo scontro non era stato in grado di liberare il drago, forse la passione ci sarebbe riuscita. E anche se non avesse funzionato, sarebbe comunque stato un piacere provarci.

Probabilmente le mie intenzioni erano ormai chiare al nostro pubblico, ma non m'importava. Lei era la mia compagna, tanto quanto lo era degli altri alfa – avrebbero fatto meglio ad abituarsi a vedermi con lei.

Mentre si abbassava per bloccare un calcio, colsi l'opportunità per sfiorarle la guancia con le dita. Lei si alzò di colpo, tirando un pugno. Mi scansai e le toccai lesto il sedere.

Gemendo per la frustrazione, provò a colpirmi. La schivai balzando avanti e indietro, poi mi lanciai verso lei quando meno se l'aspettava. Un grido lasciò le sue labbra mentre la placcavo a terra. La tenevo ferma sull'erba, il mio corpo disteso sul suo. A ogni suo respiro, il suo seno premeva più forte sul mio petto, e la mia erezione diventava sempre più dura.

"Marco," ringhiò con sguardo truce, al tempo stesso inclinando i suoi fianchi con piacere verso i miei. Nei suoi occhi c'era tanto desiderio quanta frustrazione.

"Sì, principessa?" Risposi dolcemente. Prima che potesse rispondere, catturai la sua bocca in un bacio.

Ren

Il bacio di Marco fu bollente, come lo sguardo che mi aveva lanciato subito prima. Un brivido di piacere mi percorse. Dio, volevo quell'uomo. Non riuscii a fare altro che baciarlo con altrettanta passione.

Lasciò andare il mio braccio per far scivolare le dita più in basso, sul fianco, e la mia mano affondò fra i suoi capelli. Spinsi ancora più forte le labbra sulle sue. Marco gemette in approvazione, schiudendomi le labbra con la lingua esigente. La mia scivolò sulla sua, assaggiando la sua bocca.

Sentivo il cuore battere forte nel suo petto, il suo profumo speziato di caffè, ogni movimento e contrazione dei suoi muscoli, come se fossi ovunque attorno a lui. Gli artigli dentro di me si allargarono, bramosi. In fondo alla bocca avvertii il sapore della cenere, che in qualche modo rese il bacio ancora più dolce.

Mordicchiai il suo labbro inferiore, e sentii del sangue. Il mio battito accelerò. Non ero solo una ragazza con cui poteva pomiciare. Io ero un *drago*, e noi eravamo lì per combattere. Non potevo permettergli di farmelo scordare.

Con una forza che non sapevo di avere, spinsi via Marco, che atterrò in piedi. Lasciò andare una risata, scioccato e colpito. Poi corsi verso di lui, senza quasi toccare terra.

Marco sollevò le sopracciglia mentre sferzavo il braccio in sua direzione. Il vento soffiò in modo strano tra le mie dita.

O meglio, tra i miei artigli. Sulla punta delle dita erano apparse delle squame, e mi erano cresciute delle unghie simili a pugnali. *Sì*. La mia bocca si estese in un sorriso. Corsi ancora più veloce, avvertendo l'energia dei muscoli serpeggiare dentro di me, pronta a esplodere.

Sentii delle urla. "Forza, Ren! Sei fantastica!" "Bellissima. Ora lasciati andare alla trasformazione." "Puoi farcela, Ren!"

Quelle voci misero scompiglio nei miei pensieri. Non potevo farcela, non ancora. Mi serviva di più… Avevo bisogno di *essere* quel drago…

Nonostante cercassi di aggrapparmi a quella sensazione dentro di me, mi sfuggì. Inciampai sull'erba e le mie mani colpirono il terreno, di nuovo umane. Fissai quelle pallide dita deboli. La mia vista si fece sfocata, sbattei forte le palpebre.

No. Non avrei pianto. Non davanti ai ragazzi. Anche se avevo appena dimostrato di essere una delusione ancora più grande di prima.

C'era mancato *così poco*.

Affondai le dita nella terra, artigliando la frustrazione nell'unico modo che conoscevo. Una grossa figura si accovacciò al mio fianco.

"Va tutto bene," disse Nate. "Ci sei quasi. Hai fatto progressi."

"Ha ragione, principessa," disse Marco, in piedi non lontano da noi. "Ci vorrà tempo per avere pieno controllo dei tuoi poteri, così come ce ne vorrà a noi per diventare compagni fino in fondo. E ti assicuro che attendo con più impazienza la seconda." Ridacchiò.

Nate gli lanciò un'occhiataccia e mi accarezzò la spalla. "Dovresti essere fiera di te stessa."

Fiera di me stessa? Quando non riuscivo a fare nemmeno la metà di quello che gli altri ottenevano senza sforzo?

Mi allontanai da lui, alzandomi in piedi. "Non ho bisogno di essere coccolata," dissi. "Ho bisogno di trovare una soluzione."

Aaron si unì a noi. West e Kylie erano rimasti indietro;

la mia amica sembrava preoccupata, ma dubbiosa. Non poteva prendere parte con me a questa sfida.

"Penso che tu stia chiedendo troppo a te stessa," disse Aaron con voce dolce. Il suo tono calmo, insieme alla lieve raucedine nella sua voce, sembrò limare gli spigoli delle mie emozioni. "Conosco alcuni esercizi per la mente che potrebbero aiutarti in vista del prossimo tentativo. Potresti fare una pausa, e poi—"

"Nessuna pausa," lo interruppi. "Se puoi insegnarmi qualcosa di utile, fallo ora."

Lui si fermò, poi annuì. "Va bene." Guardò gli altri attorno a noi. "Per farlo abbiamo bisogno di non essere disturbati."

Marco gli fece il saluto militare. "Divertiti con i tuoi trucchetti mentali, aquilotto."

Nate indietreggiò con espressione preoccupata. Non sapevo cosa avrei potuto dire per farlo sentire meglio, e la sensazione di fallimento sprofondò ancora di più nel mio petto. Mi voltai verso Aaron. "Andiamo."

Mi fece segno di seguirlo. Al limitare dello spiazzo, nei pressi dei palazzi più vicini, un cerchio di faggi formava una piccola radura protetta. Ci infilammo tra gli alberi e Aaron si sedette al centro a gambe incrociate, così lo imitai, mettendomi di fronte a lui.

"Vuoi farmi fare una sorta di meditazione?" Chiesi.

"Qualcosa del genere. Per cominciare, potresti concentrarti sul tuo respiro, cercando di sentirlo mentre entra ed esce dai tuoi polmoni. Lascia che ti riempia il petto, prima di espirare. Pensa a come lo controlli, e come, moderandolo, puoi moderare le tue emozioni."

A quanto pareva, lui sapeva che le mie emozioni

avevano un forte bisogno di moderazione. Inspirai, tremando per la frustrazione. Le mie mani si chiusero a pugno. No, questo decisamente non andava bene per l'esercizio – dovevo provarci sul serio.

Forse non c'era un blocco artificiale dentro di me che m'impediva di arrivare al mio drago. Forse ero *io* a trattenerlo, a essere troppo rigida e tesa attorno a lui.

Inspirai più lentamente, lasciando entrare l'aria nei polmoni. La mia cassa toracica si espanse. Espirai tremando, e digrignai i denti. Perché non riuscivo a fare bene nemmeno questo?

"Ehi," disse Aaron dolcemente. "Perché non vieni qui?"

Mi invitò ad avvicinarmi. Mi girai e mi spostai all'indietro, così da potermi appoggiare alle sue gambe piegate. Posò le mani sulle mie braccia, tracciando archi leggeri con i pollici. Il calore della sua presenza penetrò nella mia schiena, anche se tra i nostri corpi c'erano almeno trenta centimetri. Quel legame, quell'attrazione, il nodo che ci univa come compagni. Mi inumidii le labbra, cercando di non pensare al desiderio sempre più forte.

"Non si tratta di qualcosa che tutti riescono a governare al primo tentativo," disse Aaron. "Rilassarsi è una delle cose più difficili, per noi. Vuoi riprovarci? Inspira ed espira, con calma. Concentrati sulle mie mani, e cerca di allontanare qualsiasi altro pensiero."

Continuò premuroso a muovere i pollici avanti e indietro sulla mia pelle. La nuova frustrazione che mi provocava era totalmente diversa da quella di prima, ma seguii le sue istruzioni, chiudendo gli occhi. Inspiravo ed espiravo, seguendo la direzione delle sue carezze. Lente e regolari. Null'altro aveva importanza a parte quello e il calore del suo tocco.

Lasciai andare un altro respiro e mi accorsi che ci stavo riuscendo. La tensione mi aveva abbandonata, la delusione non mi trafiggeva più attraverso lo sterno. Non sapevo se tutto questo mi avrebbe aiutata a liberare il mio drago, ma di sicuro non mi faceva male.

"Grazie," dissi. "Direi che ne avevo bisogno."

Dalla sua voce capii che Aaron stava sorridendo. "A volte noi mutaforma restiamo troppo legati alla parte animale della nostra natura. Penso sia importante ricordare che siamo molto di più, che conta anche la nostra mente, per quanto certi istinti animali possano essere piacevoli."

In quell'ultima frase, un po' di malizia trapelò dalla sua voce. Gli lanciai un'occhiata da sopra la spalla, e il suo sorriso leggermente audace mi fece ardere. Quindi il mio principe della Disney aveva anche un lato più passionale, eh?

L'attrazione rovente tra di noi sbloccò un ricordo – uno abbastanza recente. "Marco ha detto una cosa… Ha detto che nel tempo diventeremo 'compagni fino in fondo'. Pensavo fossimo già compagni. C'è altro che dobbiamo *fare*…?"

Il sorriso di Aaron si fece sardonico. "Non c'è fretta," disse. "Non dovresti fare quel passo fino a quando non sarai del tutto a tuo agio con l'idea stessa, con ognuno di noi. Il legame tra compagni non è suggellato fin quando non è consumato. Cioè, fino a quando i compagni–"

"Non fanno sesso," conclusi per lui. "Ah." Le mie guance avvamparono. "Già, non so tra quanto tempo mi sentirò pronta per quello. Io… non l'ho mai fatto."

Perché quella sensazione straziante di artigli mi aveva sempre fermata prima. Ma questo non accadeva con gli alfa: volevo aprirmi a loro. O almeno, credevo di volerlo. C'erano stati così tanti cambiamenti e rivelazioni negli ultimi giorni – come potevo essere sicura di quel che volevo? Di cos'era meglio per me?

Cos'era meglio per *loro*?

"Sapevi di avere un legame senza nemmeno capirlo," disse Aaron. Le sue mani scivolarono lungo la mia maglietta per massaggiarmi piano la schiena. "È possibile entrare in intimità anche con qualcuno con cui non hai un legame, ma parte di te sarà sempre riluttante. Anche io ho avuto dei desideri, e li ho assecondati fino a un certo punto, ma la stessa sensazione mi ha sempre frenato. Stare così vicino a un'altra persona non sembrava giusto."

Quindi non succedeva solo a me. Lo sentivano anche i ragazzi? Lo guardai di nuovo e sentii uno sfarfallio nel petto. Li avevo aspettati, senza nemmeno sapere cosa stavo facendo. E anche lui mi aveva aspettata.

"Non c'è davvero nessuna fretta di suggellare il legame," disse, ricambiando lo sguardo con i suoi occhi azzurri. "Ti abbiamo appena trovata, puoi prenderti tutto il tempo di cui hai bisogno."

Non tutti la pensavano così. I miei pensieri tornarono subito alle parole di West di quella mattina. Dev'essere lo stesso per tutte e quattro le famiglie, inclusa quella di Aaron. Più aspettavo, lasciandolo senza una compagna, più i simili sarebbero rimasti senza figli.

"Sei sicuro?" Chiesi, senza riflettere. "Voglio dire… che aspettare me sia la decisione giusta? E se…"

Tentennai. I miei dubbi avevano dato vita a un caos disordinato dentro di me.

Aaron si sporse in avanti e mi strinse tra le braccia, inclinando il viso verso il mio. "Non sono mai stato più sicuro di così, Serenity. Sei tutto quello che io abbia mai potuto desiderare in una compagna."

La mia schiena s'irrigidì contro il suo petto, e lui indietreggiò leggermente. "Non ti piace essere chiamata con il tuo nome intero, non è così?"

Feci una smorfia. "Non è per questo. Mi sono abituata così tanto a fingere che non fosse il mio nome, che ora dirlo mi sembra pericoloso."

"È un'altra cosa che devi riprenderti," mormorò. "Tu sei Serenity Drake. Sei l'ultima discendente dei draghi mutaforma. Tutto questo appartiene a te e solo a te, nessuno può portartelo via."

Baciò il punto sensibile dietro il mio orecchio. Una scossa di desiderio esplose dentro di me, proprio nel mio ventre. Mi spinsi verso di lui, che mi prese in grembo. Quando alzai la testa, le sue labbra erano lì ad accogliere le mie.

Ci baciammo fin quando non rimasi senza fiato. Aaron sollevò con il pollice l'orlo della mia maglietta. Mormorai per incoraggiarlo, così lui infilò tutta la mano, toccando la mia pelle nuda. Con le nocche mi solleticò il seno, facendo inturgidire i miei capezzoli. Gemetti, baciandolo più forte. Il desiderio crebbe tra le mie gambe.

Con attenzione, sollevò la spallina del mio reggiseno per allentarla, poi affondò le dita per toccarmi, pelle contro pelle. Ansimai mentre mi accarezzava il capezzolo con il pollice, rendendolo ancora più duro. Inclinò il capo e percorse il mio collo mordicchiandolo.

Ogni terminazione nervosa del mio corpo fremeva al suo tocco. Mi stavo lasciando trasportare di nuovo, ma non faceva più così paura. Potevo farcela, potevo concedermi questo piacere. E se avessi voluto fermarmi, sapevo che avrei solo dovuto dirlo.

Infilai decisa le mani sotto la camicia di Aaron, avevo bisogno di sentire il suo petto duro e caldo, con tutta la forza che racchiudeva. Tracciai le linee dei suoi muscoli, scendendo fino alla cintura dei pantaloni. Aaron gemette, stringendo il mio seno. La sua erezione premeva sulla mia coscia, così grossa e *dura*, tutta per me.

Il solo pensiero scatenò un'ondata di fame dentro di me, ma con una gelida punta di panico.

Avrei potuto averlo, legarlo a me così che sarebbe stato mio per tutta la vita. Se in quel momento avessi detto che ero pronta, che lo volevo completamente, lui non avrebbe esitato. Si sarebbe concesso così, per sempre, a una mutaforma che non sapeva nemmeno trasformarsi – un drago che non sapeva spiegare le proprie ali.

Mi tirai indietro, abbassando la testa. La mano di Aaron si fermò. "Vuoi che mi fermi?"

Inspirai, per ritrovare la calma. La fame mi stava ancora consumando, le mie labbra bramavano il contatto con le sue.

"Sarebbe meglio," convenni. "Ma… potremmo stare qui ancora per un po'."

Fece un sorriso ampio e riportò la bocca sulla mia.

16

"Wow," disse Kylie, cingendomi il braccio. "I mutaforma non scherzano con il cibo, eh?"

Eravamo all'estremità di un'enorme tavola imbandita nel parco del villaggio. Occupava tutto lo spazio, e non era comunque sufficiente per far sedere tutti gli abitanti. Molti riempivano i loro piatti servendosi dalle ciotole e dai vassoi disposti al centro, e gironzolavano cercando un posto a terra o altre sedie sparse per il prato.

Dei profumi deliziosi mi riempivano il naso: carne arrosto, verdure stufate e pane fresco. Non stavo sbavando, ma poco ci mancava. Tra l'allenamento e i preliminari, mi era venuta parecchia fame. Afferrai uno dei piatti.

"Non penso lo facciano spesso," risposi.

"Ovviamente." Kylie alzò gli occhi al cielo. "È tutto per te, sei una celebrità!"

Lo aveva detto per prendermi in giro, ma in sostanza era vero. Ogni mutaforma che incrociavamo mi riservava lunghe occhiate, e diversi cuochi corsero verso di me per incoraggiarmi a provare questo stufato o quelle costolette. Mentre ci dirigevamo verso due sedie in disparte, un uomo di mezz'età ci fermò e ci accompagnò verso il tavolo.

"No, no, il vostro posto è qui," disse, inclinando la testa. "C'è sempre posto per voi alla nostra tavola."

Cercai i miei alfa, sperando che uno di loro potesse intervenire e dicesse a tutti di smetterla di agitarsi per nulla, che non ero così importante. Ma in realtà sospettavo di esserlo anche per loro. West era impegnato a camminare tra la folla, salutando persone e dando amichevoli pacche sulle spalle qua e là. Marco stava chiacchierando con alcuni tizi dall'aspetto alquanto malandrino. Nate e Aaron si erano fermati all'altro lato del tavolo a discutere di qualcosa. Nessuno di loro sarebbe venuto in mio soccorso.

Mentre mangiavo, altri abitanti continuavano a girarmi intorno. Non appena svuotavo il mio piatto di una pietanza, qualcuno mi portava altri manicaretti. Mi guardavano con entusiasmo, così feci del mio meglio per provare tutto, ma dopo poco il mio stomaco iniziò a protestare per il troppo cibo e tutta quella pressione.

"Che ne dici di fare una passeggiata e smaltire un po' di questo banchetto?" Domandai a Kylie.

Lei annuì. "Sì, una pausa è proprio quel che ci vuole. Essere famosi è difficile."

Mi diede un colpetto scherzoso col gomito mentre ci alzavamo, ma ci fece strada attraverso la folla, porgendo le nostre scuse. "Facciamo solo due passi. Torniamo subito!"

Ci infilammo nei vicoli di negozi che avevano chiuso

per la sera, superammo di corsa le case e passeggiammo lungo il limitare delle colline punteggiate da alberi che circondavano buona parte del paesino. Non appena i rumori del banchetto scomparvero alle nostre spalle, sospirai di sollievo. Kylie mi prese a braccetto.

"È strano, vero?" Chiese.

"*Molto* strano." Risi, felice che ci fosse qualcuno con me in grado di capirlo. Sarò anche nata mutaforma, ma dopo tutti quegli anni in città – vivendo come una semplice umana e credendo di esserlo – non sentivo di appartenere a quel posto. Per niente.

"Ma, ehi, almeno questa follia porta con sé quattro ragazzi estremamente fedeli e davvero molto sexy."

Le diedi una piccola spinta. "Tre ragazzi fedeli e uno che non pensa che io meriti attenzioni."

Rise sotto i baffi. "Oh, no. Ho visto come ti guarda il grosso lupo cattivo."

"Abbiamo pur sempre un legame," mormorai. "Non può fare a meno di provare qualcosa, ma ciò non significa che voglia che le cose restino così."

"Oh, quindi potresti avere solo tre compagni incredibilmente sexy? Immagino che riuscirai a sopravvivere, in qualche modo. Quando sarai la regina di tutti i mutaforma, magari te ne avanzerà qualcuno per me?"

"Lo vorresti davvero?" Kylie frequentava qualcuno ogni tanto, quando ne aveva voglia, ma non era mai impazzita per i ragazzi.

Fece spallucce. "Perché no? Se sono così belli e venerano la terra che calpesto, non vedo come potrebbe non funzionare."

"Non so. Potresti scoprire che il futuro dei mutaforma dipende da te. E io che mi stavo ancora abituando alla responsabilità di dover pagare l'affitto." Lanciai uno sguardo verso il parco, nascosto dietro le case. "Tutte quelle persone credono che in qualche modo le *salverò*."

"Okay, capisco che così sia un po' troppo." Kylie strinse la mia mano nella sua. "Non devi farlo *per forza*, giusto? Voglio dire, il lupo continua a ripetere che può scegliere e che prenderà le sue decisioni in autonomia. Anche tu puoi farlo. Se proprio non te la senti di proseguire con questa faccenda della regina dei mutaforma, non potresti dire loro che ti tiri indietro, che dovrebbero trovarsi un'altra compagna?"

Mi bloccai. Non avevo mai considerato quella possibilità. "Immagino di sì, ma allora le quattro famiglie sarebbero abbandonate a loro stesse, non ci sarebbe nessuno a tenerle unite. Stando a quanto hanno detto, è sempre stato compito del drago, e io sono l'unica in circolazione." Forse l'unica in assoluto.

Cosa sarebbe successo se la mia sorella maggiore fosse sopravvissuta? Avrei mai avuto questo ruolo o avrei solo osservato in disparte? Non avevo pensato di chiederlo, ma ora quella domanda mi tormentava. Avrei dovuto chiederlo ai ragazzi alla prossima occasione.

Kylie agitò in aria la mano libera. "Dico solo che non hai voluto tu tutto questo; è anche la tua vita. Forse quando troverai tua madre, lei saprà aiutarti a capire meglio."

"*Se* troverò mia madre. Ancora non ho idea del perché mi abbia fatta andare in quel tunnel della metro." Infilai la mano nella borsa e tirai fuori il pezzo di cristallo. Era la cosa che più mi faceva sentire vicina a mia madre, per questo lo portavo con me, ma osservare la sua superficie lucida non faceva che irritarmi ancora di più. "Perché non mi ha lasciato almeno un appunto o qualcosa per dirmi che diavolo dovrei farci?"

Avrebbe voluto dirmi di più? Ripensando alla voce che avevo sentito nella mia testa, si era fermata in modo così brusco… Perché non aveva altro da dire o perché era stata interrotta? Forse anche lei si era scontrata con i vampiri nel tunnel della metro.

Forse non era riuscita a sconfiggerli, senza una squadra di alfa a combattere con lei.

No. Non potevo pensarlo.

Capovolsi il cerchio nella mia mano, osservando come la luce giocava con la superficie lievemente incisa. "Posso vederlo?" Chiese Kylie. Glielo passai, e lei lo sollevò sopra la testa come se volesse usarlo per studiare il cielo. Arricciò il naso e me lo restituì. "No, ancora non capisco. È proprio un bel pezzo d'arte moderna, però." Agitò le dita sopra il cristallo. "Forse ti serve un po' di magia vudù per attivare–"

Notai un'ombra in movimento con la coda dell'occhio solo un istante prima che un lupo dal pelo nero balzasse fuori. Quell'istante mi salvò la vita. Il lupo puntò dritto alla mia gola, e i miei riflessi entrarono in azione abbastanza in fretta da farmi voltare di lato.

La bestia colpì invece la mia spalla: i denti affondarono nella mia pelle attraverso la manica della maglietta, le zampe mi buttarono a terra. Il dolore mi trafisse il braccio. Con un sussulto, attaccai con l'unica cosa simile a un'arma che avevo con me: il pezzo di cristallo nella mia mano. Colpii con forza la testa del lupo.

La creatura indietreggiò di qualche centimetro, perdendo sangue dalla bocca. Con un ringhio, percosse lo spesso cristallo con la zampa, che non si ruppe, ma sfuggì dalla mia presa e cadde nell'erba.

Percepii un movimento fulmineo dietro di me e Kylie strillò. Intravidi delle braccia agitarsi e due sagome ricoperte di pelliccia grigia incombere su di lei. Poi il lupo mi attaccò di nuovo. Tirai un calcio al suo corpo massiccio, poi una gomitata alla mandibola, e urlai con tutto il panico e il dolore dentro di me.

"Aiuto! Qualcuno ci aiuti!"

Con un ruggito, il lupo mi colpì alla tempia, facendomi girare la testa. Contrattaccai sferrando colpi con braccia e gambe. Finché avessi continuato a muovermi, finché avessi risposto all'attacco, avrei avuto una possibilità. Lui affondò i denti nel mio avambraccio, con cui lo tenevo bloccato, e un dolore ancora più acuto s'irradiò nel mio corpo. Lasciai andare un gemito. Diedi una ginocchiata alla pancia della creatura, ma non riuscii a farla cedere. Mi graffiò l'addome con le unghie, provocandomi fitte di dolore bruciante.

Dov'erano quei maledetti artigli che ero riuscita a far comparire quella mattina? Se solo avessi potuto trasformarmi nell'animale squamoso e sputafuoco dentro di me, avrei fatto conoscere a quella bestia il vero dolore.

Ma gli artigli che raspavano dentro di me sembravano più disperati che determinati. Ogni volta che provavo a raggiungere il mio potere, il lupo mi strattonava il braccio o affondava di nuovo le zanne nella mia carne. Non riuscivo a concentrarmi su nulla, la mia mente era annebbiata dal dolore.

Sentii delle urla. Il lupo trasalì. Diede un ultimo morso alla mia gola, ma riuscii ad allontanare il suo muso con il braccio pulsante. La puzza del suo respiro affannoso m'invase il naso, mentre con le zanne mi graffiava il mento. Poi balzò via.

Un rombo di zampe alla carica riecheggiò attorno a me. Un intero branco di lupi mi superò di corsa, ringhiando e mordendo gli animali in fuga.

Sentivo il mio corpo andare a fuoco – e non in senso buono. Mi girai sul fianco, verso Kylie. La mia maglietta a brandelli tirava sulle ferite, appiccicosa per via del sangue. Ne perdevo altro dalla mano, che allungai verso la mia migliore amica.

Kylie era distesa sull'erba, il volto girato dall'altra parte, il braccio piegato in modo innaturale dietro di lei. I suoi corti capelli rosa erano striati di rosso.

Era colpa mia. Non l'avevo protetta. Non ero nemmeno riuscita a proteggere me stessa.

Alcuni tra gli animali in corsa tornarono alla loro forma umana attorno a noi. Nate appoggiò la mano calda sul mio fianco. "Ren! Veloce, dobbiamo fermare l'emorragia."

Aaron premette sullo stesso punto una maglietta appallottolata. Il dolore si fece più forte, sussultai. "Andrà tutto bene," sussurrò. "Stai già guarendo, i draghi ci mettono poco." Ma anche la sua voce mite era spezzata.

"Kylie," Mormorai. Marco s'inginocchiò vicino a me e mi strinse la mano per impedirmi di muovere il braccio più di quanto non avessi già fatto. Quattro donne circondavano la mia amica. Una di loro si ferì il polso con i denti e lasciò gocciolare il sangue sulle ferite di Kylie, che poi le altre coprirono con delle bende.

"È viva," disse una di loro guardandomi negli occhi, "E faremo in modo che continui a vivere. Nessun ribelle commetterà omicidio finché ci saremo noi. Sono disposta a dissanguarmi, purché ciò non accada."

Viva. Kylie era viva. Un piccolo brivido di sollievo mi percorse. Non era sufficiente ad alleviare il senso di colpa nel mio stomaco, ma finalmente mi lasciai affondare nell'erba.

Aaron aveva ragione, iniziavo a sentire del calore risalire verso la pelle, per ricucire la carne. Almeno non avevo bisogno di convincere questi poteri da mutaforma a funzionare.

La sensazione era dolorosa quasi quanto quella di essere ferita. Le mie palpebre si calarono, mentre una stanchezza estrema mi invadeva.

"Che cosa le hanno fatto?" Sentii dire da qualcuno. Era la voce West? Non lo avevo mai sentito tanto… *afflitto*.

"L'hanno morsa e graffiata, ma nulla di così grave che lei non possa guarire da sola," rispose Aaron. "Chiaramente volevano fare molto peggio. Ne avete preso qualcuno?"

"Non proprio." Borbottò impetuoso West. "Alcuni degli altri si sono avventati su un coyote, ma non si sono neanche preoccupati di fargli domande. E ora non potremo cavarne nulla. Gli altri se ne sono andati troppo in fretta. Erano dei ribelli."

"Sembravano tutti della famiglia dei canidi," sottolineò Nate.

"Non fanno parte della mia *famiglia*," lo rimbeccò West. "Il loro aspetto non conta."

"Era ovvio che i ribelli avrebbero mandato dei canidi per attaccare," disse Aaron. "Speravano che non avresti sentito il loro odore mentre si avvicinavano, che si sarebbero mimetizzati tra gli abitanti del posto." Mi accarezzò i capelli. Aprii gli occhi e lui mi fece un sorriso teso. "È una fortuna che avessimo iniziato le lezioni di autodifesa."

"Non riuscivo a togliermelo di dosso," mormorai con la gola secca. "Ho provato, ma non riuscivo a fermarli…"

"Ehi," disse Nate. "Gli hai impedito di *ucciderti*. È l'unica cosa che conta."

Marco si raddrizzò. "Quindi loro sanno già che siamo qui. Purtroppo, d'ora in avanti dovremo dare per scontato che ci stanno seguendo."

Ci saremmo spostati? Non volevo andare da nessuna parte, non volevo che i ragazzi se ne andassero. Se fossero andati via…

I pensieri si sovrapponevano caotici nella mia testa, ero troppo dolorante per riuscire a metterli in ordine. Inclinai il capo e il mio sguardo cadde sul cristallo.

Era lì, nell'erba dov'era caduto, appoggiato a una roccia. Uno schizzo di sangue ne macchiava la superficie trasparente, infiltrandosi tra le linee e i punti dell'incisione. Lo fissai, cercando di metterlo a fuoco nonostante il mio corpo dolorante. Un ricordo mi ritornò alla mente.

Mia madre, appoggiata al nostro tavolo da pranzo,

stava studiando attentamente una mappa sul suo tablet. Avevo sbirciato oltre la sua spalla mentre le passavo vicino, e lei aveva chiuso l'app.

Che cosa stai guardando? Le avevo chiesto, e la sua risposta era stata: *nulla di cui tu debba preoccuparti*. Due giorni dopo era sparita.

Le linee e i puntini – non avevo mai visto quell'esatto motivo, ma ne avevo visti di simili, ed erano strade, fiumi e città su una mappa. Prima erano sembrati assolutamente casuali, ma ora, vedendoli da quella angolazione, disegnati così nettamente dal mio sangue, riuscii a capire chiaramente cosa rappresentavano.

Segui il cristallo. Quel maledetto affare era una vera e propria mappa.

17

Ren

"Sei sicura che sia il posto giusto?" Chiese West, guardando corrucciato il mio cellulare. L'avevo poggiato sul tavolo in mezzo a noi cinque, con la schermata di una mappa attiva.

"Guarda," dissi, facendo un cenno verso il cellulare e il cristallo. "Sono praticamente identici. Ho ispezionato tutto il Paese e quel posto è l'unico che gli assomiglia."

Aaron spostò il telefono più vicino a lui per osservarlo. "Sunridge, nel Wyoming. Hai idea del perché tua madre volesse farti andare là?"

"O del perché ci sia un'adorabile immagine di questo posto incisa su un cristallo, soprattutto?" Sottolineò Marco.

Scossi la testa, e quel movimento provocò una fitta nei

muscoli della mia spalla. Durante la notte, mentre dormivo, la guarigione era proseguita, ma il braccio, il petto e l'addome erano ancora arrossati nei punti in cui il lupo mi aveva ferita. Nemmeno il dolore era ancora sparito del tutto.

"Non l'ho mai sentito prima," risposi. "Mia madre non ne ha mai parlato. Ma perché farmi trovare il cristallo, se non per suggerirmi di andare nel luogo che rappresenta?"

"Possiamo guidare fino a lì," disse Nate. "Anche fermandoci per dormire, arriveremmo domani. Decideremo come muoverci quando avremo visto cosa c'è in questo posto."

"Per quanto mi piaccia l'avventura," esordì Marco, "sono troppo stanco per altre sorprese. Secondo me non dovremmo partire fino a quando la gente del lupo non avrà finito di perlustrare."

Lanciò un'occhiata a West, che rispose con un cenno rapido. "Stanno ancora setacciando l'area attorno al villaggio, in cerca di altri segni di attività dei ribelli. Ci daranno un riscontro entro un paio d'ore."

"Quindi, fino ad allora staremo qui?" Domandai. "In tal caso, voglio allenarmi ancora con l'autodifesa."

Aaron inarcò leggermente le sopracciglia. "Stai ancora guarendo, non dovresti fare sforzi."

Spinsi indietro la sedia. "Non voglio certo fare follie, ma ho bisogno d'imparare a combattere meglio. Questi tizi vogliono me, chiaramente, e ci attaccheranno ancora. Voglio essere sicura che la prossima volta non sarà solo un colpo di fortuna a salvarmi."

"Ren…" Iniziò Nate, ma West lo guardò male.

"Vuole allenarsi, dice che può farcela. È o non è un drago?"

Ottima domanda. Alzai gli occhi verso il soffitto. Kylie era sdraiata in una delle camere da letto al piano di sopra. Si stava riposando per riprendersi da ferite che non poteva guarire in fretta, non avendo poteri soprannaturali. Non c'era solo la mia vita in gioco.

"Se nessuno di voi vuole venire, allora combatterò solo con West," esclamai. West mi guardò con occhi socchiusi quando gli feci un sorriso di sfida.

Alla fine, tornammo tutti e cinque a grandi passi verso lo spiazzo dove ci eravamo allenati la mattina precedente. Alcuni degli abitanti del posto ci seguirono, ma con mio sollievo West gli disse qualcosa, e loro se ne andarono. Spostavo il peso da un piede all'altro, con i muscoli scossi dall'agitazione.

Ero troppo nervosa, e questo non mi aveva aiutata per nulla il giorno prima. Ripensando al mio breve momento d'intimità con Aaron – quello prima che mi distraesse con le sue mani e le sue labbra – lasciai entrare lentamente l'aria nei miei polmoni, sentendoli espandersi. Inspirai ed espirai, con ritmo regolare e costante. Avevo trascorso così tanto tempo a nascondermi, senza nemmeno sapere il motivo, ma ora potevo lasciar andare il mio drago senza correre pericoli. Ora ne *avevo bisogno*.

Ai mutaforma ribelli che mi avevano attaccata la sera precedente non interessava che io non potessi accedere ai miei poteri: per loro ero comunque una minaccia. Sentii montare la rabbia dentro di me, insieme a una scossa di energia simile al battito di potenti ali. Potevo essere un pericolo – faceva parte della mia essenza, me lo sentivo.

"Quando qualcuno più forte di te ti attacca, cerca di avvantaggiarti come puoi, senza vergogna," cominciò Aaron. Poi indicò il suo corpo. "Tutti noi abbiamo dei punti deboli a cui basta un colpo rapido per tramortirci. Occhi, gola, inguine: se puoi colpirne uno, fallo."

"Magari non mentre combatti con noi," intervenne Marco. "Personalmente, gradirei mantenere intatti i gioielli di famiglia."

Nate alzò gli occhi al cielo. "Non sei d'aiuto, Marco." Lanciò uno sguardo verso Aaron. "Forse potremmo trovare un'arma con cui possa sentirsi a suo agio, per il momento."

"E infrangere la legge dei mutaforma?" Protestò West, scuotendo la testa. "Sei pazzo? Credevo che lo scopo di riportarla a casa fosse tranquillizzare tutti, non far scaldare ancora di più gli animi."

"Esiste una legge contro l'uso delle armi?" Chiesi.

Aaron annuì. "Le quattro famiglie hanno deciso di comune accordo che nessun mutaforma può attaccarne un altro usando qualsiasi cosa all'infuori della propria forza. La forza che ereditiamo e ci guadagniamo; in questo modo lo scontro è equo. Significa anche che la maggior parte delle volte nessuno muore per una lite."

"Ma lei non può ancora usare tutta la sua forza," disse Nate. "Se questo non è un momento adatto per fare un'eccezione–"

"No," risposi in fretta. Non volevo che venissero fatte altre eccezioni per me. "Devo imparare ad agire come i mutaforma. Avanti, chi vuole sfidarmi?"

Marco, con il suo sorriso sghembo, fece un passo avanti. Agitai un dito verso di lui. "Niente scherzi, stavolta."

"Non definirei *scherzo* quello che stavamo combinando ieri," disse lentamente. Il suo sguardo era al tempo stesso divertito e provocante. Il ricordo del nostro bacio rianimò il mio desiderio. Deglutii e sollevai le mani in segno di difesa.

Quel desiderio aveva giocato a mio favore, il giorno prima. Se solo ci fosse stato un modo per unirlo alla lucidità mentale appresa con Aaron e alla mia rabbia nei confronti dei ribelli della sera precedente…

Marco venne verso di me facendo una rapida finta e tirando un pugno. Lo schivai di lato e lo colpii con un calcio al ginocchio. "Oh, non te la caverai così facilmente," disse, afferrandomi per la vita con gli occhi blu indaco che brillavano. Riuscii a liberarmi dalle sue braccia ruotando su me stessa. Il battito del mio cuore accelerò.

Mentre si muoveva attorno a me, tornai con la mente all'attacco della sera prima. Le zanne e gli artigli del lupo ribelle, che erano affondate con violenza nella mia carne, non erano riuscite a scalfire le mie squame. Avrei potuto torreggiare su di lui, farlo ardere tra le fiamme.

La prossima volta l'avrei fatto. La prossima volta.

Mi aggrappai a quel pensiero, scagliando un pugno verso Marco e scattando fuori dalla sua portata. La tensione iniziò a crescere nel mio petto, ma respirai a fondo per allentarla. Non volevo forzare il mio drago, l'avrei lasciato venire a me con naturalezza. Perché eravamo una cosa sola. Perché quelle bestie avevano minacciato me e le persone a cui tenevo, e *non* avevo intenzione di lasciar correre.

Con la coda dell'occhio vidi Aaron fare un cenno a Nate. "Movimentiamo un po' le cose." Nate si tolse i vestiti in un attimo, con scioltezza. Prima di capire cosa stava succedendo, lo vidi dirigersi verso di me in forma di orso. Marco si spostò di lato, ridacchiando tra sé e sé.

Nate mostrò i denti, ma anche dal suo volto animale riuscì a trasparire un'espressione di scuse. "Tranquillo," lo rassicurai. "Fatti sotto."

Si avvicinò, alzandosi sulle zampe posteriori e incombendo su di me in tutta la sua altezza. Tentò di colpirmi alla testa.

Lo schivai, sentendo il sangue pulsare veloce nelle vene. Il luccichio degli artigli e l'imponente presenza animalesca scatenarono altri ricordi della sera precedente, e ancor di più del terrore che avevo provato. Sentii formicolare i tagli sulle braccia e sul petto.

Ero più forte di così. Lo *ero*. Mi lanciai verso le zampe pelose di Nate, nel tentativo di fargli perdere l'equilibrio. Lui oscillò e cadde sopra di me, ma rotolai di lato appena in tempo. Piantai i talloni nel terreno, spingendomi in piedi. Sentii la forza diffondersi nelle mie gambe, e un sapore cinereo s'insinuò nella mia gola.

Sì. Lui balzò verso di me e io saltai di lato, più veloce di prima. Le mie cosce si stavano ingrossando, e muscoli che mi sembrava di non avere mai usato dispiegavano la loro energia. L'armatura di squame vibrò sulla mia pelle, dalle ginocchia alla vita. Sentii un prurito al centro della schiena, proprio dove avrebbero dovuto spiegarsi le ali.

Lascialo uscire. Lascialo uscire. Ma mentre quella sensazione si faceva più intensa e i miei polmoni si espandevano, il panico si diffuse dentro di me.

Cosa stavo facendo? Non riuscivo a controllarmi, e non sapevo se sarei riuscita a fermarmi.

Avevo perso così tanto, non potevo perdere anche me stessa.

I miei pensieri non avevano molto senso, ma ostacolavano la trasformazione. Inciampai e caddi sulle mie ginocchia pallide e umane, che spuntavano dai tagli nei miei pantaloni.

Avevo iniziato a trasformarmi. Pezzi di tessuto penzolavano nei punti in cui le gambe si erano gonfiate, diventando quasi grosse quanto quelle di un drago. Ne afferrai i brandelli, scrutando la pelle sottostante come se potessi far tornare le squame.

C'era mancato poco. Così poco che riuscivo ancora a sentire il sapore del fuoco.

"Sai, Scintilla, inizio a credere che *tu* non voglia affatto che la cosa funzioni," disse West dal bordo dello spiazzo. Alzai lo sguardo, con le guance in fiamme.

Nate ringhiò, tornando in forma umana e dirigendosi a grandi passi verso West. "Puoi stare zitto una buona volta?" Lo aggredì. "Vorrei proprio vedere se tu saresti in grado di trasformarti, dopo sedici anni senza nemmeno aver avuto la possibilità di provarci."

"Nate," intervenne Aaron, fermando l'avanzata del ragazzone. L'aquila si voltò verso West. "Concordo con lui, però. Se hai intenzione di restare qui a lamentarti, allora te ne puoi andare."

West lo guardò male. La tensione nell'aria mi colpì. Era anche colpa mia se gli alfa si stavano scontrando, perché non riuscivo a fare ciò per cui ero nata. Maledizione!

Marco inclinò il capo. "Ci penso io a te, principessa," si avvicinò a me. "Forza, rimettiti in piedi."

Mi offrì la mano per aiutarmi ad alzarmi. Strinsi i pantaloni rovinati, usando i brandelli di stoffa più grandi per coprirmi l'inguine. Marco fece un sorrisino, avvicinandosi per un secondo. "Nulla che non vedrò presto." La sua voce maliziosa mi riempì di desiderio, nonostante provassi emozioni confuse.

Un gruppo di mutaforma apparve al limitare dello spiazzo. Erano della famiglia di West – stavo imparando a riconoscerli. I mutaforma canidi erano piuttosto asciutti e smilzi, freddi e diffidenti. Avrei scommesso che la ragazza con i capelli rossi, che sembrava appena ventunenne, fosse una volpe.

West si diresse verso di loro per parlare. "Qualcosa da segnalare?"

"Nessuna traccia dei ribelli nel raggio di trenta chilometri," riferì l'uomo in testa al gruppo. "Non ne abbiamo nemmeno sentito l'odore. In qualsiasi modo siano arrivati, ora sono spariti."

"Ma di sicuro non sono andati troppo lontano," mormorò West. Si voltò verso di noi. "Se vogliamo partire, dobbiamo farlo ora che l'area attorno a noi è libera. È probabile che non siano abbastanza vicini per capire dove stiamo andando. Prima, però, voglio un resoconto di tutti i dettagli, poi sarò pronto per andare. Scintilla, procurati dei pantaloni nuovi, nel frattempo."

Dopo aver preparato la mia borsa ed essermi infilata un paio di pantaloni che non avevo ancora distrutto, andai da Kylie, da sola.

Era seduta sul letto, con la schiena appoggiata al cuscino, scorrendo il pollice sullo schermo del cellulare. Aveva delle spesse bende attorno al collo e al braccio destro – le altre erano nascoste sotto i vestiti. Un livido viola le tingeva la fronte. I mutaforma che ci ospitavano le avevano lavato via il sangue dai capelli, ma le ciocche rosa ricadevano più flosce del solito. Eppure, appena mi vide mi sorrise, mettendo via il cellulare.

"È ora di andare?" Chiese.

"Già." Esitai. "Non voglio lasciarti qui in mezzo a degli sconosciuti, ma non sappiamo se i ribelli attaccheranno ancora mentre siamo–"

"Oh, Ren." Allungò le braccia, facendomi avvicinare a lei. Mi lasciai avvolgere dalla sua stretta. La abbracciai con delicatezza, preoccupata per le sue ferite, ma lei mi strinse con tutta la sua forza. "Non preoccuparti, queste persone si stanno prendendo cura di me. Tu hai le tue cose da fare. Mi fermerò ancora un po', e Aaron ha detto che dovrei poter tornare in città senza problemi, quando sarò guarita. Devi solo promettere che verrai a trovarmi, anche se sarai tutta presa dai tuoi impegni da regina dei mutaforma, hai capito?"

Le mie labbra si curvarono in un sorriso malinconico. "Certo. Sei la mia migliore amica."

"È vero. Per sempre." Sciolse l'abbraccio per sollevare la mano, e ci salutammo col pugno. "Non farti distrarre troppo da quei bei bocconcini, okay? Ma farai meglio a goderteli almeno un po'."

Sentii il collo solleticare mentre arrossivo. "Potrei averlo già fatto."

"Oh oh! Un'altra cosa di cui voglio sentire ogni

dettaglio." Mi diede un ultimo buffetto sul braccio e mi salutò. "Concentrati sulla ricerca di tua madre, voglio sapere anche come si risolverà quel mistero."

"Spero bene," dissi in totale onestà. Che cosa ci aspettava a Sunridge, nel Wyoming? Avremmo trovato un altro indizio per proseguire questa strana caccia al tesoro organizzata da mia madre, o questa volta ci sarebbero state delle vere risposte?

Avremmo trovato *mia madre ad aspettarci*? Non sapevo cos'avrei detto se l'avessi finalmente vista di nuovo, ma ci speravo davvero tanto.

"Va'," disse Kylie, cacciandomi via. "Non lasciare che ti trattenga oltre."

I ragazzi erano in piedi attorno al van a otto posti che West aveva in qualche modo rimediato. Immaginai che un alfa potesse ottenere qualunque cosa. L'idea era quella di trascorrerci la notte all'interno, senza doverci preoccupare di trovare un hotel, e sospettavo che i ragazzi preferissero un po' di spazio in più piuttosto che stare accalcati in un'auto normale.

Gettai la borsa nel bagagliaio, e Nate chiuse il portellone. Senza alcuna discussione – o forse me l'ero persa – West salì a bordo al posto del conducente. Aaron si sedette accanto a lui – era l'unico ad aver studiato le mappe.

Mentre Marco si accaparrava un posto nella fila centrale, Nate strinse la sua forte e calda mano attorno alla mia. Anche se l'avevo visto nella sua forma animale molto più spesso degli altri, e nonostante fosse il più minaccioso dei quattro, la sua presenza era confortante. Beh, forse anche un po' eccitante. Indugiai con lo sguardo sui suoi muscoli, appena sotto la camicia, e un calore inebriante divampò nel mio basso ventre.

Mi trascinò con sé verso i sedili posteriori, e io non mi opposi. Una volta seduti sulla morbida pelle, mi cinse con un braccio, facendomi appoggiare al suo petto robusto. Inspirai il suo profumo muschiato e speziato, così piacevole. La situazione in cui mi trovavo era pressoché assurda, ma avere quei quattro ragazzi al mio fianco – o almeno i tre che senza dubbio volevano starci – compensava tutto il resto.

Il motore del van rombò, facendo vibrare lievemente i sedili, mentre West imboccava la strada che usciva dal villaggio. Appoggiai la testa sull'ampia spalla di Nate; in quel momento non volevo pensare a nulla.

Non volevo pensare alle ferite di Kylie, all'essere dovuta partire senza di lei, ai ribelli che mi avevano rintracciata per uccidermi solo due giorni dopo aver scoperto la verità su di me, e neanche al mistero che mia madre mi aveva lasciato da risolvere. Annegare nel profumo di Nate e nella sensazione del suo corpo era come stare in paradiso. Se avessi sollevato il viso di qualche centimetro, avrei potuto premere le labbra sul suo collo, proprio sopra il bavero della camicia, e sentire anche il suo sapore.

Ma mi trattenni, gli altri ragazzi erano proprio *lì*. Ovviamente sapevano che avvertivo questa connessione con tutti loro, ma di certo non amavo le effusioni in pubblico. E in ogni caso non ero sicura di meritare di abbandonarmi al piacere, dopo l'ennesimo fallimento di quella mattina.

La mano di Nate mi sfiorava il braccio con carezze

costanti. "Sei tesa," mormorò. "C'è qualcosa di cui vuoi parlare?"

"No," risposi senza pensare, ma forse qualcosa c'era. "È solo che detesto sentirmi bloccata quando voglio trasformarmi. Se ieri fossi riuscita a farlo, avrei distrutto quei ribelli."

Sorrise. "Ne sono certo, Ren. Ma non devi preoccuparti. Siamo tutti con te, non lasceremo che qualcuno ti si avvicini ancora. Avremmo dovuto stare più attenti fin dall'inizio. Non credevo sarebbero stati così sfrontati da attaccarti vicino all'insediamento di una delle famiglie."

Cavolo, ci mancava solo che si sentisse responsabile. "Non è colpa tua," dissi. "E so che volete proteggermi. Ma *io* voglio essere in grado di proteggermi da sola. Dovrei esserne capace."

"E lo sarai." Mi sfiorò la fronte con le labbra, e la mia pelle fu percorsa da un brivido. "Ti stai mettendo a confronto con noi quattro, che abbiamo avuto tanto tempo per imparare a gestire i nostri poteri. Io sono *colpito* dalla velocità con cui stai scoprendo te stessa."

"Oh." Sembrava davvero convinto delle sue parole. Ero troppo severa con me stessa? Stentavo a crederlo, ma il senso di colpa dentro di me si alleviò in parte.

Mi rannicchiai più vicina a lui, che portò le mie gambe sulle sue in modo da tenermi quasi in braccio. Il mio grande orsacchiotto. Con l'altra mano continuò ad accarezzarmi il braccio, ma si spinse un po' più in là, sfiorandomi il seno. Repressi un gemito, inarcandomi istintivamente verso quel contatto. Rettifico: il mio grande orsacchiotto *sexy*.

Nate chinò la testa per mordicchiarmi l'orecchio, facendo accelerare vorticosamente il mio battito. "Secondo me meriti un premio per tutto il tuo impegno," sussurrò con tono giocoso.

"Cos'hai in mente?" Bisbigliai in risposta.

"Sembra che ti stia piacendo tutto questo." Con le dita percorse di nuovo la curva del mio seno, questa volta sfiorandone la punta. Serrai le labbra per soffocare un ansito.

"Gli altri…"

"A loro non dispiacerà. Noi ti apparteniamo, Ren. Per qualsiasi cosa di cui tu abbia bisogno, qualsiasi cosa tu voglia."

La sua risposta mi riportò alla mente il commento di Kylie, nel tunnel della metro, riguardo allo stare con i quattro ragazzi contemporaneamente. Nate percorse il mio collo con la lingua, e all'improvviso mi chiesi come sarebbe stato sentire allo stesso tempo le mani di un altro alfa su di me, a fomentare quelle sensazioni inebrianti. A farmi impazzire.

Quel pensiero mi fece bagnare tutta. Nate strinse il mio seno, sfiorandomi il capezzolo turgido col pollice. Brividi di piacere mi assalirono. Non c'era nulla al mondo che desiderassi di più in quel momento che continuare a godermi quel piacere. Un'ultima esitazione mi trattenne dal lasciarmi andare del tutto.

"Non mi sento ancora pronta. Voglio dire, per…"

"Ren," mormorò Nate. Sentire il mio nome pronunciato con la sua voce bassa e vogliosa mi fece arrossire. "Non devi fare nulla. Lascia che ti faccia solo questo piccolo regalo."

Con la mano libera risalì la mia coscia, percorrendola su e giù ma continuando ad accarezzare il mio seno, fino a quando il piacere dentro di me non arrivò quasi al culmine. Sollevai i fianchi, e lui affondò le dita tra le mie gambe per raggiungere il punto che più bramava quel contatto.

Al suo tocco, nel mio corpo divampò il fuoco. Con le dita accarezzò tutti i miei punti sensibili, come se sapesse esattamente cosa volevo. Il piacere si diffuse dentro di me. Mi aggrappai alla sua camicia, mentre il mio respiro si faceva tremante. Mi stavo sciogliendo e disintegrando al tempo stesso.

Nate disegnò dei cerchi lenti sul mio clitoride. Riuscii a malapena a trattenere un gemito, mentre muovevo i fianchi seguendo il suo ritmo. "Brava, proprio così," disse piano. "Ci penso io a te."

Oh, lo fece eccome. Mi baciò con passione, soffocando il mio mugolio, mentre la sua mano risalì per poi scivolare sotto i miei vestiti. Affondò un dito tra le mie pieghe, muovendo il palmo della mano sul clitoride. Un'ondata di piacere crebbe dentro di me, scuotendo il mio corpo dalla testa ai piedi. Lo baciai come se non ci fosse un domani, stringendo sempre più forte la sua camicia tra le dita.

La sua mano continuava a muoversi delicatamente, ma poi accelerò il ritmo. Tremai, appoggiata a lui, così vicina al limite. Poi fece scivolare un dito dentro di me.

Non riuscii più a controllarmi. Il piacere m'invase come le fiamme di un incendio che divampa, consumandomi le ossa e facendomi tremare i muscoli.

Nate continuò a toccarmi fin quando le ultime ondate di piacere non si dissiparono. Mi baciò ancora, in modo dolce ma esigente, e mi strinse a lui come se fossi fatta apposta per stare proprio lì, tra le sue braccia. Mi lasciai andare su di lui, finalmente appagata.

Domandandomi come potessi meritare tutta quella devozione.

18

Le tracce di un cervo erano più fresche di quelle degli altri. Doveva essere rimasto indietro rispetto al branco. A giudicare dal suo odore, era adulto ma giovane, probabilmente ferito. Forse una caduta lo aveva indebolito, rendendolo una preda facile.

Lo seguii, mentre le foglie della sterpaglia increspavano la mia pelliccia. Tutti i sensi di cui avevo bisogno per cacciare diventavano più acuti quando mi trasformavo in lupo, così come il mio naso, gli artigli, i denti. Era piacevole sciogliere un po' i muscoli, dopo tutto quel tempo chiuso in un furgone. Nessun essere vivente dovrebbe trascorrere una giornata intera in viaggio in una di quelle scatole metalliche.

Mentre mi aggiravo nella foresta, annusai l'aria in cerca di altri odori. Il profumo pungente della linfa e quello argilloso del muschio mi avvolgevano, ma quello che stavo cercando era la stucchevole dolcezza delle fate.

Finora non l'avevo avvertita, ma non si era mai troppo attenti quando ci si avventurava nella natura selvaggia. La campagna incontaminata era territorio delle fate tanto quanto le città appartenevano alle sanguisughe. La cicatrice impressa dalla magia sul mio petto formicolò al pensiero.

L'unica dolcezza nell'aria in quel momento era una debole scia proveniente dal nostro accampamento: la deliziosa fragranza mielata di Ren. Mi richiamava, anche a quella distanza, ricordandomi che il mio destino era stare con lei; come se cacciare la cena non fosse un compito adatto a un compagno. Ma quell'attrazione non si sarebbe placata, non finché non l'avessi fatta mia.

O non l'avessi rifiutata.

Quel pensiero mi riportò alla mente l'espressione sul suo viso della mattina prima, quando le avevo detto con quanta facilità avrei potuto porre fine al nostro legame, se solo avessi voluto. Con quelle parole l'avevo ferita, anche solo per un momento, ma lei era comunque riuscita a dirmi che rispettava la mia posizione. Non aveva supplicato o discusso. Credeva che avrei fatto ciò che ritenevo giusto – era un mio diritto.

Forse ero stato troppo duro con lei nei giorni scorsi. Non era *lei* a essere fuggita, e sicuramente nascondersi non era stata una sua scelta. Se avessi dovuto incolpare qualcuno per la situazione in cui ci trovavamo, avrei dovuto prendermela con sua madre.

Non mi piaceva far soffrire Ren. E quando ripensai al

suo respiro agonizzante mentre era sdraiata nell'erba, coperta di sangue, la sera precedente…

Sentii una morsa stringermi il petto. Era proprio per questo che aveva bisogno che qualcuno fosse duro con lei. Doveva imparare a resistere a qualsiasi cosa, perché i nostri nemici sarebbero stati molto più duri di me.

L'odore del cervo si fece più intenso, l'avevo quasi raggiunto. Rallentai per muovermi furtivamente, con le orecchie tese. Avvertii un rumore di zoccoli nella boscaglia; si muoveva con andatura irregolare: zoppicava da una zampa. Proprio come avevo immaginato.

Contrassi i muscoli, mi lanciai in avanti in uno scatto e le mie fauci si strinsero attorno al collo liscio del cervo.

Con un colpo secco gli squarciai la gola, e un fiotto di sangue caldo mi riempì la bocca. L'animale gemette, ma il suo corpo stava già cedendo. Quando la testa toccò terra, la povera bestia si era ormai lasciata cadere, senza vita.

Il mio cuore di lupo impazzò per l'euforia e per la brama della carne sotto i miei denti, ma non stavo cacciando solo per me. Sarebbe stato più semplice portare la preda all'accampamento nella mia forma umana.

Mi trasformai, godendo di quella fluida transizione di muscoli e ossa da una forma all'altra. Era in quei momenti che mi sentivo davvero sicuro di me stesso e di chi ero destinato a diventare. Con il dorso della mano mi pulii la bocca dal sangue – non si addiceva certo a un umano. Sollevai il cervo, aspettando che le ultime gocce fluissero dal suo collo, poi mi caricai in spalla il corpo inerte.

Avevo lasciato i miei vestiti ammucchiati appena oltre il boschetto che costeggiava la strada, dove avevamo parcheggiato il van. Poggiai il cervo a terra e li indossai, poi m'incamminai verso gli altri. Non avevo nulla da nascondere, ma non volevo dover spiegare a Ren la mia strana cicatrice. E lei non era esattamente abituata a vedere persone nude che le giravano attorno. Il modo in cui arrossiva quando uno di noi lo faceva lo aveva reso piuttosto chiaro.

Non volevo che diventasse paonazza a causa mia. Risvegliava fin troppo il mio desiderio.

"La cena è servita," annunciai, entrando nel boschetto. Gli altri avevano già acceso il fuoco. Aaron stava finendo di assemblare uno spiedo improvvisato proprio in quel momento.

Nate sogghignò e si avvicinò per prendere il cervo. Ren, seduta su una pietra poco lontana dal fuoco, arricciò il naso. Neanche l'espressione di disagio nei suoi occhi mi piaceva. Forse *avrei dovuto* presentarmi nudo.

"Cioè sei andato a caccia e l'hai ucciso?" Chiese.

Non avevo intenzione di provare vergogna per una cosa tanto elementare. "Vuoi dire come un animale? Forse l'hai dimenticato, ma è proprio quello che sono. Solo qualche giorno fa ho fatto ben di peggio a quei vampiri."

"Già, ma erano stati loro ad attaccare." Seguì il cervo con lo sguardo, mentre Nate lo posizionava su un tronco per scuoiarlo. Quando il coltello ne incise la pelle, lei trasalì e guardò altrove.

"Dobbiamo pur mangiare. Siamo tutti predatori qui, Scintilla. È la legge della natura." Feci un cenno verso il cervo. "Ne ho scelto uno già ferito, non sarebbe sopravvissuto in ogni caso. Quindi, goditi la cena. Puoi ringraziarmi dopo."

Ren

Mi sistemai meglio sulla pietra su cui ero seduta e mi poggiai il cellulare sulle ginocchia. *È come se volesse costantemente farmi abbassare la cresta*, scrissi a Kylie. *Mi tratta come se fossi un'idiota.*

Ti fa i dispetti, mi rispose, aggiungendo un'emoji con l'occhiolino. *È davvero cotto di te.*

Guardai al di là del boschetto, verso il punto in cui West stava aiutando Nate a sistemare la carcassa del cervo sullo spiedo preparato da Nate. La luce del fuoco illuminava il rosso e l'argento dei suoi capelli e i tratti spigolosi del suo bel viso.

Fin troppo bello. Anche quando mi faceva innervosire, non riuscivo a fare a meno di desiderare che mi rivolgesse un sorriso vero.

Ha ventisette anni, risposi. *Penso sia abbastanza grande per smetterla di flirtare come i bambini.*

Ti sorprenderebbe scoprire quanti ragazzi non crescono mai. Io dico che devi andare decisa da lui e baciarlo. E poi mi scriverai per raccontarmi del sesso favoloso che farete.

Scossi la testa tra me e me. *Ah ah! Non penso proprio.*

Oh, ehi, la cena è pronta. Ci sentiamo presto!

Infilai il cellulare in tasca e osservai i ragazzi posizionare sul fuoco lo spiedo con la *nostra* cena. Le fiamme scoppiettarono quando alcune gocce di sangue caddero dalla carne scuoiata. L'ammasso di muscoli rosei e rossastri mi fece pensare ai segni degli artigli che non erano ancora svaniti del tutto dalla mia pelle, e al sangue tra i capelli di Kylie la sera prima. Mi strofinai le braccia.

Che cosa aveva detto West del cervo? Che era ferito, e non sarebbe sopravvissuto. Pensava le stesse cose quando mi guardava? Non riuscivo nemmeno lontanamente a stare al passo con i miei presunti compagni. Marco aveva detto che un drago mutaforma avrebbe fatto impallidire chiunque. Decisamente non ero all'altezza di quell'aspettativa.

Sentii un ramo spezzarsi dietro di me, nella foresta. Trasalii e mi voltai di colpo, con il cuore in gola. Era solo Marco, di ritorno da una perlustrazione dei dintorni. Si voltò verso me con il suo sorrisetto sghembo. "Tranquilla, principessa. Non c'è nessuno qui."

L'oscurità sempre più profonda alle sue spalle mi sembrava tutto fuorché tranquilla. Forse i ribelli erano abbastanza lontani perché lui non li avvertisse, ma potevano essere sulle nostre tracce. Non sapevamo quanto velocemente potessero muoversi. Quasi tutti quelli che avevano attaccato me e Kylie erano riusciti a sfuggire ai simili di West.

La preoccupazione mi attanagliava. Mi strinsi tra le braccia e mi voltai di nuovo verso il fuoco.

Marco mi passò accanto e inclinò il capo, tenendo gli occhi sullo spiedo. "Finalmente una gioia per gli occhi. È un sollievo che voi altri siate così civili."

West sbuffò. Nate sospirò seccato. "Non vorrei mai vedere come sono conciate le tue prede, quando hai finito di giocarci," ironizzò.

Marco ridacchiò. "Sono un giaguaro, non un gatto

domestico. E scommetto che avrei potuto uccidere un cervo grande il doppio di quello lì."

"Ci avremmo messo un'infinità a cuocerlo, e un sacco di carne sarebbe andata buttata. Un piano brillante, devo dire." West indicò gli alberi con un cenno. "Ma, se hai tanto da dimostrare, accomodati pure."

"Ehi, perché mai dovrei disturbarmi quando avete già fatto tutto il lavoro per me?" Il giaguaro si accomodò su un tronco e distese le gambe, perfettamente rilassato.

Un tonfo sordo proveniente dall'altro lato del van mi fece trasalire di nuovo. "È solo Aaron," disse Nate, notando la mia reazione. Giusto. L'aquila aveva sorvolato l'area per sicurezza, prima che facesse troppo buio per avvistare nemici.

Sbucò da dietro il furgone un attimo dopo, abbottonandosi la camicia mentre si avvicinava. Non potei fare a meno di provare un po' di dispiacere nel vedere quei muscoli scolpiti scomparire sotto la stoffa.

"Visto nulla, aquilotto?" Domandò Marco, mentre attizzava pigramente il fuoco con un bastone.

"Nulla di cui doversi preoccupare ora," annunciò Aaron. "Ma non dobbiamo abbassare la guardia."

"Oh, sarebbe impossibile con voi tre intorno."

Nate gli fece una smorfia. "Perché non ti rendi utile e giri quel dannato spiedo, Marco?"

"Mmm, penso che questo lato non sia ancora cotto."

"Da' qua." West gli tolse il bastone. "Di questo passo farai spegnere il fuoco." Pungolò due tronchetti che Marco aveva spinto vicini. Il barlume di un ricordo mi attraversò la mente: una futile lite con le mie sorelle per accaparrarci un giocattolo. Un nodo mi strinse la gola.

Una domanda che mi aveva già ronzato in testa prima si ripresentò. Sembrava il momento giusto per farla.

"Ci sono sempre stati solo quattro alfa, giusto?" Chiesi.

Marco mi guardò con espressione divertita. "Non siamo abbastanza per te, principessa?"

Alzai gli occhi al cielo. "Non intendevo questo. Voglio dire… i draghi mutaforma prendono gli alfa come compagni. Quindi cosa succede se ce n'è più di uno? Le mie sorelle non *sarebbero dovute* morire."

Aaron piegò la testa. "No," replicò. "E non è insolito che ogni drago metta al mondo più di una figlia, in caso accada una tragedia. Di norma, i tuoi genitori avrebbero dovuto scegliere quella tra voi che sarebbe sembrata più adatta al ruolo, e le altre l'avrebbero supportata. Avrebbero avuto anche loro dei compagni, ma il loro lignaggio non si sarebbe trasmesso.

"Oh. Direi che ha senso." Quindi, se i ribelli non avessero portato a termine il loro violento assalto, ora avrebbe potuto esserci una delle mie sorelle al posto mio. A quel pensiero, un brivido di fastidio mi percorse. Riportai lo sguardo verso il fuoco.

Le fiamme danzavano più in alto, fin quasi a sfiorare la carne del cervo, che si stava abbrustolendo. Lo sfrigolio che adesso mi solleticava le orecchie era grasso che colava, non sangue. Il profumo della carne arrostita si stava diffondendo nell'aria.

Cominciai a sentire l'acquolina in bocca. Forse non mi era piaciuta l'idea di uccidere un cervo, ma ora che era già morto non mi sarei fatta problemi a mangiarlo. Pensai che questo mi rendesse un po' ipocrita.

La luce tremolante e il calore del fuoco iniziarono a rilassare i miei nervi. Lasciai che il mio sguardo si perdesse tra le fiamme, che guizzavano verso l'alto e poi di nuovo giù, arancioni e rosso scuro all'estremità, gialle e bianche al centro. Era bellissimo osservarle prendere vita. Quasi come–

Il frammento di un ricordo mi colpì così violentemente che quasi balzai in piedi. Per un istante fui di nuovo bambina, aggrappata alla zampa squamosa di mia madre mentre il terreno si allontanava dalla mia vista. Il battito delle sue ali si riverberava nell'aria. Boati assordanti rimbombavano sotto di noi. Cos'era quel rumore? Non l'avevo mai sentito prima, ma mi terrorizzava.

Mia madre spalancò le sue fauci di drago e sputò fiamme sugli aggressori. Il mio braccio pulsava: del sangue colava da una ferita proprio sopra il gomito. Le lacrime mi rigavano le guance. Un'altra esplosione di fiamme mi accecò, e…

Piantai appena in tempo i piedi a terra, evitando di cadere. Il calore del fuoco m'investì, più forte di prima. Portai la mano al braccio, al dolore fantasma di quella vecchia ferita. Mi strofinai la pelle in quel punto, anche se non avevo una cicatrice a dimostrare che era accaduto davvero.

"Ren?" Chiamò Nate dall'altro lato del boschetto. "Stai bene?"

"Sì, sto bene." Mi alzai in piedi. Non potevo più essere quella bambina, disperatamente aggrappata a qualcuno che combatteva per lei. Ormai non aveva importanza sapere chi di noi avrebbero scelto i miei genitori per regnare – ero l'unica rimasta. E da qualche parte, dentro di me, c'era della ferocia.

Alzai lo sguardo verso una delle alte betulle che costellavano il boschetto; la sua corteccia bianca brillava nell'oscurità. Senza pensarci due volte, camminai verso l'albero e ne afferrai i rami più bassi.

"Che intenzioni hai, principessa?" Chiese Marco.

"Tranquilli. Voglio solo sgranchire un po' le gambe," risposi.

Iniziai ad arrampicarmi di ramo in ramo, appoggiandomi al tronco quando ne avevo bisogno. La corteccia rugosa scricchiolava sotto le mie mani. Il profumo della carne arrostita e del fuoco si dissolse, lasciando solo l'aroma pungente della linfa.

Quando il tronco divenne fin troppo sottile per proseguire, mi fermai e guardai in basso. West stava girando la carne. Gli altri ragazzi mi osservavano, guardando i miei progressi. Le fiamme tremolanti illuminavano i loro volti.

Ero più o meno alla stessa altezza a cui mi ero trovata qualche giorno prima sul pino. Sapevo che sarei riuscita a saltare da lì, ma non volevo atterrare. Volevo che le mie ali si spiegassero e mi levassero in volo.

Il desiderio di librarmi in aria mi aveva accompagnata per tutta la vita. Forse ci sarei riuscita, se avessi convinto il mio corpo che trasformarmi era l'unico modo di proteggermi dalla caduta.

Feci un bel respiro, poi mi lanciai nel vuoto.

In qualsiasi altra circostanza mi sarei messa in posizione di atterraggio: piedi pronti all'impatto, ginocchia piegate, corpo ben allineato. Ma, in quel momento, dovevo credere che mi sarei fatta male se avessi toccato terra. Lasciai gambe e braccia libere, e un rantolo mi sfuggì dalle labbra quando l'aria sollevò i miei capelli. Se non mi fossi trasformata, evitando la caduta, avrei potuto rompermi una gamba – o peggio.

Avvertii uno sfarfallio nel petto, ma il mio corpo rimase completamente umano, continuando a precipitare. Ormai il terreno era troppo vicino. *Maledizione*. Trattenendo un'imprecazione, all'ultimo secondo puntai i talloni verso il suolo.

Toccai terra perdendo per un attimo l'equilibrio, ma riuscii a rotolare con un accenno di grazia. Mi ero sbilanciata troppo sul piede sinistro, che sentii pulsare quando mi tirai su. Digrignando i denti, riuscii a tornare alla pietra su cui ero seduta senza zoppicare.

"Se stai cercando emozioni forti, posso suggerirti un sacco di altre attività," disse Marco, inarcando le sopracciglia.

Facendo sfoggio di ben poca maturità, gli feci la linguaccia. Lui rise. Non sembrava turbato dal mio salto, ma quando spostai lo sguardo verso il fuoco, mi accorsi che Aaron e West mi stavano fissando. Aaron era pensieroso. West aveva gli occhi socchiusi. Sospettai che nessuno dei due si fosse bevuto la storia dello 'sgranchire un po' le gambe'.

Per fortuna, Nate intervenne distraendo sia loro che me dai miei continui tentativi falliti di essere una vera mutaforma. Tagliò un grosso pezzo di carne dal cervo arrostito e me lo offrì su un piatto di carta. "Dovresti mangiare qualcosa," disse. "Avremo tutti bisogno di essere in forze."

Già. Mi fiondai sul cibo, chiudendo gli occhi mentre il sapore affumicato mi riempiva la bocca. Delizioso. Quando mai avevo mangiato della carne così fresca in vita mia?

Ma non fu abbastanza per scacciare la sensazione che mi torceva lo stomaco. Un altro tentativo di trasformarmi andato in fumo. Quanti ne avevo ancora a disposizione?

19

Ren

Avevo dormito in posti peggiori del sedile di un van piuttosto lussuoso. Negli angoli di palazzi vuoti, circondata da tossici. Sotto coperte logore che puzzavano di pipì di gatto, rintanata in un vicolo. Sul duro cemento del seminterrato della chiesa in cui operava Fisher, con un grosso nodo in gola per il senso di colpa dei furti del giorno prima, e per quelli che avrei dovuto commettere il giorno dopo.

Ma quella notte non riuscivo a trovare pace. Tirai fin sopra le spalle la coperta di lana che mi aveva lanciato West e mi contorsi sullo schienale. Anche sulla morbida pelle, il mio corpo si rifiutava di rilassarsi.

Il suono basso e regolare dei respiri di Marco, proveniente dal sedile posteriore, indicava chiaramente che non aveva avuto problemi ad addormentarsi. Nate era spaparanzato sul sedile del conducente, che aveva spinto indietro fin quasi ai miei piedi. Il suo viso dai tratti marcati era addolcito dal sonno. West e Aaron erano da qualche parte nel bosco per il primo turno di guardia.

Ero circondata dai miei alfa, perfettamente al sicuro. Ma forse l'idea di essere protetta da loro, più che confortarmi, m'infastidiva.

Chiusi gli occhi e cercai di lasciare che i miei pensieri si affievolissero. I grilli frinivano fuori dal finestrino, la brezza soffiava tra i rami degli alberi. Il sapore del cervo arrostito indugiava sul mio palato – stava iniziando a inacidirsi. Niente dentifricio nella natura selvaggia. Cercai a tentoni la bottiglietta d'acqua che avevo lasciato sotto al sedile.

Proprio dopo averla rimessa a terra, un flebile ronzio giunse dal sedile di Nate. Si svegliò e infilò la mano in tasca per spegnere la sveglia che aveva impostato sul cellulare. Quando si mise seduto, la mia irrequietezza si fece ancora più intensa. Non potevo sopportare un altro secondo chiusa lì dentro, non in quel momento.

Quando mi raddrizzai sul sedile, mi guardò. "Vado a dare il cambio ad Aaron," bisbigliò. "Sarà qui da un momento all'altro."

"Non riesco a dormire," replicai. "Penso che una passeggiata possa aiutarmi a scaricare un po' di tensione."

Delle piccole rughe di preoccupazione gli incorniciarono gli occhi, ma non tentò di fermarmi. Uscì dalla portiera del conducente, e io aprii quella posteriore.

Il cielo era limpido, le stelle brillavano nell'oscurità. Non riuscivo a ricordare l'ultima volta che avevo visto chiaramente le costellazioni. A New York, la foschia delle luci della città lasciava intravedere solo i corpi celesti più luminosi.

Seguii Nate nella foresta in silenzio, chiedendomi se lui e Aaron avessero stabilito un punto d'incontro o se stesse localizzando l'aquila seguendone l'odore. La brezza estiva della notte mi solleticava, ancora piacevolmente tiepida. Camminammo per diversi minuti, facendoci strada tra gli alberi. Poi, illuminati da un fascio di luce lunare, scorsi di fronte a noi i capelli dorati di Aaron, che si voltò per salutare Nate. Il suo sguardo indugiò su di me.

"Tutto tranquillo, finora," comunicò a Nate. Poi si rivolse a me, "Pensavo stessi dormendo."

Non c'era giudizio nel suo tono, e nemmeno nulla di simile alla preoccupazione quasi soffocante di Nate. Era solo curioso. Le mie spalle si rilassarono quando mi resi conto che non ci sarebbero state discussioni. "Ci ho provato," risposi con un lieve sorriso. "Non ci sono riuscita. Speravo che una passeggiata potesse aiutarmi."

"Posso farti compagnia." Fece un cenno a Nate e mi offrì la sua mano. La presi, godendomi la sensazione delle sue dita forti attorno alle mie.

"Allora, camminare è stato utile?" Chiese, mentre tornavamo all'accampamento.

Mi morsi il labbro. Mi sentivo più calma con lui al mio fianco, ma l'inquietudine non era ancora passata. "Non lo so. Non quanto speravo."

Mi accarezzò con il pollice il dorso della mano. "Ti va di dirmi cos'è che ti preoccupa?"

"Come fai a sapere che qualcosa mi preoccupa?"

"Non riesci a dormire, quindi passeggi nella foresta nel

bel mezzo della notte. Non ci vuole un genio per fare due più due."

Gli feci una smorfia e lui rispose con un sorriso. Beh, non aveva torto. "Non penso che parlarne sia d'aiuto."

"Tentar non nuoce, giusto?" Si fermò, facendomi voltare verso di lui. "Che cosa ti preoccupa?"

Abbassai lo sguardo. "È solo che… Siete stati tutti fantastici. Beh, tutti tranne West – ma ora non è quello il punto. Voi tre lo siete stati. E anche tutte le persone del villaggio. Sono tutti così entusiasti di accogliermi come mutaforma – come la mutaforma più importante che ci sia. Ma io non so neanche trasformarmi."

"È passato solo qualche giorno," disse Aaron. "Ci arriverai."

"Forse. Ma non è solo questo. Non so come fare a essere anche solo la metà di quello che dovrei essere. E se… se ormai fossi stata *guastata* da tutti gli anni in cui non sapevo chi fossi veramente, crescendo nel modo sbagliato, senza conoscere nulla di tutto questo? E se non *potessi* essere mai più una mutaforma a tutti gli effetti?

"Oh, Serenity." Aprì le braccia, e io mi fiondai verso di lui in automatico. Quell'attrazione – quel bisogno di essere vicina a ognuno dei ragazzi – stava diventando difficile da negare. Lui cinse il mio viso con le mani, e io inclinai la testa per accogliere il suo bacio. Fui pervasa dal calore che scaturiva dalle sue labbra. Non avrebbe risolto i miei dubbi, ma era una distrazione incredibilmente piacevole.

Dopo il bacio, mi spinse piano all'indietro, continuando a tenere il mio viso tra le mani. Inclinò la testa fino a sfiorarmi la fronte con la sua. "Ti dirò una cosa," cominciò. "Una cosa che non ho mai detto a nessuno. Ho trascorso buona parte della mia vita a domandarmi anch'io se fossi davvero ciò che un mutaforma dovrebbe essere."

"Cosa?" Mi allontanai abbastanza per fissarlo dritto negli occhi. "Come puoi anche solo pensarlo, proprio *tu*? Non sei un semplice mutaforma. Sei stato scelto per diventare l'alfa della tua famiglia di simili."

"Da un uomo che magari avrebbe cambiato idea se fosse vissuto abbastanza a lungo da vedermi diventare adulto, per quel che ne so," rispose Aaron. "I dubbi possono insinuarsi nella mente di chiunque, non importa quanto sia sicura la tua posizione. E la mia non mi è mai sembrata così sicura. Noi volatili… non siamo sempre considerati al pari delle altre famiglie. La maggior parte dei canidi e dei felini ci vede come inferiori."

"È assurdo," risposi. "Semmai, dovrebbero invidiarvi. Voi potete *volare*."

Ridacchiò. "Non ho dubbi che tu lo apprezzi. Ma le cose stanno così, anche tra la mia gente. Ti ho parlato di quanto è importante per me fare da leader usando la ragione più che il mio lato animale. Non è un atteggiamento comune tra i mutaforma di qualsiasi famiglia. Nella mia, alcuni guardavano con diffidenza il mio interesse per la storia. Alcuni pensavano che servisse a mascherare la mancanza della 'vera' forza che serve a un alfa per comandare."

Lo guardai da capo a piedi, e sicuramente non passò inosservato il mio apprezzamento per il suo corpo scolpito. "Quelle persone dovevano essere cieche, non c'è altra spiegazione."

Il sorriso di Aaron si allargò. "È facile per le persone

diffidare di ciò che non capiscono. Ma ormai ho dato prova di me stesso, più di una volta. Quando le cose si sono messe male, e mi si è presentata l'occasione di mollare – di passare il ruolo di alfa a qualcun altro – sapevo che non avrei mai potuto, che questo era ciò che volevo. Che era il mio destino. Ed eccomi ancora qui."

Esitai, ricordando ciò che mi aveva detto sul fatto che un altro mutaforma potesse prendere il posto di un alfa. "Hai dovuto lottare. Sei stato sfidato?"

"Già." Il buonumore scomparve per un attimo dalla sua espressione. Volse lo sguardo altrove, verso gli alberi, ripensando a eventi che non amava ricordare – era evidente. "Il peggiore è stato uno dei miei consiglieri. Si era abituato ad avere il potere nelle sue mani. Al mio ventunesimo compleanno, quando arrivò il momento per me di diventare ufficialmente l'alfa, lui mi attaccò. Fu orribile dover lottare contro di lui; per me era stato come uno zio. Ma io ero più furbo e più veloce, e queste armi possono vincere sulla brutalità, se sai come usarle."

"Ed eccoti ancora qui," dissi, ripetendo le sue stesse parole.

"Eccomi qui." Riportò lo sguardo su di me. In quel momento era così intenso che quasi mi scordai come respirare. Il mio battito accelerò.

Non era solo forte e incredibilmente sexy: era *buono*. Premuroso, coraggioso e compassionevole. Il tipo di uomo che non avrei mai pensato di poter avere nella mia vita. Il tipo di uomo di cui mi sarei potuta innamorare.

Non era solo una possibilità. Me ne stavo già innamorando, persa in quegli occhi azzurri.

"Beh, per come la vedo io, chiunque pensi che tu valga

meno degli altri è un idiota," risposi, per rompere il silenzio. "Oltre che cieco."

"Probabile," convenne compiaciuto. "Ormai non me ne preoccupo più. E trovo altrettanto difficile credere che chiunque ti stia accanto possa pensare che tu non sia una vera mutaforma. Ce l'hai nel sangue, ed è l'unica cosa che conta. Il resto si sistemerà."

Senza nemmeno accorgermene, stavo stringendo la sua camicia tra le dita. La tirai, e lui si avvicinò a me.

Questa volta mi baciò con passione, spingendomi un passo indietro contro il tronco di un albero. Ora non dovevo nemmeno preoccuparmi di stare dritta, potevo lasciarmi andare al calore del suo corpo e alla sua bocca sulla mia. Scivolò con la mano lungo il mio fianco, fino alla coscia, per poi risalire alla spalla – come se non sapesse decidere quale parte del mio corpo desiderasse toccare di più.

Ovunque. Lo volevo ovunque.

Inarcò i fianchi verso i miei facendo crescere il desiderio tra le mie gambe, proprio dove Nate aveva scatenato il mio orgasmo qualche ora prima. Ansimai mentre Aaron accarezzava il mio seno e mi baciava ancora, ma un'ultima esitazione mi bloccò.

Strinsi il viso di Aaron tra le mani. Lui indietreggiò per guardarmi negli occhi. Il suo sguardo era famelico, così ardente da farmi bruciare dalla testa ai piedi.

Parlai con voce spezzata. "Non t'importa, vero, che non ci sia solo tu? Che io debba stare anche con gli altri ragazzi?" Che c'ero già stata, in modi che aveva visto o almeno avvertito.

Aaron strofinò dolcemente il naso sul mio.

"Assolutamente no," mormorò. "Tu meriti il meglio, e ci vuole più di un uomo per soddisfare un drago." Mi accarezzò con le dita sotto la maglietta, e io inarcai la schiena per permettergli di slacciarmi il reggiseno. Disegnò dei dolci cerchi attorno al mio capezzolo, poi prese velocità, facendomi ansimare.

"Meriti tutto il piacere che possono darti," proseguì, spostando la mano sull'altro seno. Mi baciò la guancia, poi i punti più sensibili del mio collo. A ogni parola che lasciava le sue labbra, il suo respiro caldo mi solleticava la pelle. "Qualsiasi cosa ti soddisfi – con chiunque – soddisfa anche me. Il rossore sulle tue guance dopo un bacio. Il suono che fai quando vieni."

Quindi aveva davvero sentito me e Nate sui sedili posteriori. Diventai paonazza. Ma, santo cielo, Aaron mi stava facendo eccitare così tanto con ogni tocco delle sue labbra, ogni carezza delle dita.

"Non vedo l'ora di scoprire quanto piacere possiamo darti tutti insieme," disse. "Ma per ora…"

Le sue mani scivolarono lungo il mio corpo. Mugolai, inclinando i fianchi verso i suoi, cercando tutto il contatto possibile.

"Voglio guardarti," bisbigliò. Sollevò la mia maglietta in fretta e furia, e io alzai le braccia per dargli una mano. Il reggiseno mi scivolò via dalle spalle e cadde ai nostri piedi. Aaron si fermò a guardarmi per un momento: i miei piccoli seni, i capezzoli turgidi per il suo tocco, il rossore che li tingeva. Poi lui chinò la testa per succhiarne uno.

Gemetti, il piacere si diffuse sulla mia pelle. La sua lingua scorreva decisa sul mio seno, i suoi denti lo sfioravano appena. Poi iniziai a tremare, e affondai le dita tra i suoi capelli. Leccò per l'ultima volta un capezzolo, passando all'altro con lo stesso fervore.

Non era nemmeno lontanamente abbastanza per soddisfare la fame dentro di me. Afferrai l'orlo della sua camicia. "Toglitela," ansimai. "Adesso."

La sfilò via con incredibile velocità, strappando almeno un bottone. Non sapevo come fosse possibile, ma mi fece eccitare ancora di più. A quanto pareva non avevo limiti, quando si trattava di quei ragazzi.

S'impossessò di nuovo della mia bocca con impaziente ardore. Il contatto tra il suo petto nudo e il mio mi fece gemere ancora una volta. Affondai le unghie nei muscoli della sua schiena. Lui mi sollevò come se non pesassi nulla, spingendomi contro l'albero con le gambe divaricate e tenendo una mano sul mio sedere. Strinsi le cosce attorno al suo bacino, e mugolai quando sentii la sua erezione marmorea spingersi sul mio ventre.

Aaron continuava a strusciarsi su di me, trascinandomi in un bacio sempre più intenso. Sentivo tutta la possanza del suo corpo tenermi su, al tempo stesso pronta a placarsi non appena gli avessi detto di fermarsi. Ero pervasa dal piacere, ma all'improvviso non avevo più paura.

Ero esattamente dove volevo essere. Il mio posto era lì, con quell'uomo, in qualsiasi modo mi volesse.

Cedere al desiderio non significava perdere il controllo. Voleva dire prenderlo, aggrapparmi al destino che non avevo mai immaginato e farlo *mio*.

Non appena presi quella decisione, il potere crebbe dentro di me, forte come non mai. Cinsi con le braccia il collo di Aaron e, tra un bacio e l'altro, lo guardai negli occhi.

"Lo voglio," dissi, senza fiato, "*Ti* voglio."

Esitò, fissandomi con occhi selvaggi. "Vuoi dire–"

"Aaron," dissi, nel modo più chiaro possibile in quel momento. "Vuoi essere il mio compagno?"

Scoppiò in una risata strozzata, come se non riuscisse a credere alle mie parole. Premette le labbra sulle mie, baciandomi fino a stordirmi. Gli sbottonai impacciata i pantaloni, poi percorsi la sua erezione con la mano, facendolo ansimare.

"Penso sia meglio sdraiarsi," disse, portandomi via dall'albero. Prese la sua camicia e la stese a terra, poi mi ci fece sdraiare sopra. "Almeno per la nostra prima volta."

"Avremo un sacco di tempo per sperimentare," risposi, e i suoi occhi divennero ancora più ardenti. Calciò via i pantaloni. Non vedevo l'ora di toccarlo. Attraverso i boxer, la sua dura lunghezza pulsava nella mia mano.

Aaron chinò la testa, lasciando andare un respiro tremante. Reggendosi sopra di me con un braccio, infilò l'altra mano tra le mie gambe. Mi sfuggì un gemito quando accarezzò il mio nucleo pulsante. Il mio respiro si fece affannoso mentre faceva scivolare le dita sotto la cintura dei miei pantaloni. Ero già completamente bagnata. Sfiorò con le dita le mie pieghe e soffocò un ansito tra i miei capelli.

"Ti prego," implorai. Ma non aveva bisogno di farsi pregare oltre. Mi tolse pantaloni e mutandine in un unico movimento fluido, poi si abbassò i boxer. Sollevai i fianchi mentre si sistemava tra le mie cosce. La punta della sua virilità sfiorò il mio centro, e io riportai la sua bocca sulla mia.

Regalandomi un bacio lussurioso, scivolò dentro di

me. La sua erezione mi riempì bruciandomi dall'interno, ma era così bello. Mi sentivo piena, completa, ed era tutto ciò di cui avevo bisogno.

"Sei fantastica, Serenity," mormorò tra un bacio e l'altro. Sollevò i miei fianchi e si spinse dentro di me, con un ritmo sempre più veloce. Mi tenni forte a lui, mentre le ondate di piacere mi colpivano con sempre più violenza. Ancora e ancora, finché non scossero tutto il mio corpo e il terreno sembrò ormai scomparso sotto di me.

Stavamo volando, sollevandoci sempre più in alto in un vortice d'estasi. Nessun salto, nessuna caduta mi aveva mai fatto provare un'euforia simile.

La sua virilità toccò il punto più sensibile dentro di me, e io m'infransi. Nuove vette di godimento e lussuria esplosero in tutto il mio corpo. Trasalii, affondando le unghie nelle sue spalle. Fuochi d'artificio divamparono dietro le mie palpebre chiuse. L'attrazione tra di noi s'infuocò in un bagliore tangibile che ci legò insieme, come un'accecante fiammata che m'incendiava dall'interno.

I movimenti di Aaron si fecero irregolari. Si spinse ancora una volta dentro di me, per poi lasciarsi andare e seguirmi oltre l'apice del piacere. Lui si abbandonò su di me con delicatezza. I nostri corpi nudi andavano perfettamente a incastro.

Percorsi con le dita il suo collo, arrivando ai capelli madidi di sudore, poi catturai le sue labbra in un ultimo bacio. Ogni singolo muscolo mi tremava per il piacere – e per la felicità.

Era mio. La mia aquila. Il mio alfa.

Il mio compagno.

20

Mi svegliai accoccolata accanto ad Aaron sul sedile centrale del furgone. La luce del giorno filtrava dai finestrini. Avevo ancora la mente annebbiata per il poco sonno e diverse parti del mio corpo erano doloranti, ma in modo piacevole. Non avevo affatto voglia di alzarmi.

Nascosi il viso sul collo di Aaron, e il fresco profumo della sua pelle mi riempì il naso. Ci eravamo rivestiti prima di tornare al van, ma non ero ancora pronta a lasciarlo andare. Eravamo stretti l'uno all'altra, con le gambe intrecciate e il suo corpo mezzo sopra al mio. Eppure, lì avvinghiata a lui, mi sentivo così a casa.

Il mio compagno. Ora quella consapevolezza mi scorreva nelle vene. Era solo il primo – se avessi accettato fino in fondo il mio ruolo – ma per adesso era abbastanza.

Sentii delle nocche bussare al finestrino sopra la mia testa. Sbattendo le palpebre, sbirciai fuori. Aaron mi diede un bacio leggero sulla tempia, poi sollevò la testa.

Marco ci guardò, inarcando le sopracciglia. Aprii appena la portiera per parlare. "Il lupo ha trovato delle uova. Farete meglio ad alzarvi se ne volete un po', prima che il nostro orso le mangi tutte."

"Ehi, ve ne sto lasciando un mucchio," ribatté Nate da qualche parte dietro di lui. Marco abbassò la testa e chiuse di nuovo la portiera.

La sua espressione era forse più tesa del solito? C'era qualcosa di strano nel suo atteggiamento. *Non* era arrabbiato per avermi vista con Aaron, vero? Sapeva come funzionavano le cose, proprio come gli altri.

Forse le mie insicurezze mi stavano giocando qualche scherzo. Tra i quattro alfa, Marco sembrava quello *meno* possessivo in assoluto. Dal modo in cui si muoveva e parlava, ero piuttosto sicura che non si fosse lasciato fermare da un po' di fastidio per godere dei piaceri del corpo con altre donne, mentre mi aspettava per sedici anni.

Aaron si mise seduto, facendomi alzare con lui. Fece scorrere le dita tra i miei capelli e mi baciò di nuovo, questa volta sulle labbra. La sua bocca indugiò sulla mia abbastanza da farmi desiderare di continuare quello che avevamo iniziato la notte prima. Poi si tirò indietro con un sorriso timido. I suoi capelli erano deliziosamente arruffati, e non potei fare a meno di spettinarglieli un altro po'.

Rise. "Direi che dovremmo proprio mettere qualcosa sotto i denti. Non sappiamo cosa ci aspetta a Sunridge."

Giusto. Il torpore lasciò il posto al nervosismo che mi

annodava lo stomaco, in attesa di ciò che ci attendeva. Uscii dal van. Nate alzò lo sguardo dalle uova strapazzate che stava cuocendo su una lastra di metallo sopra il fuoco, curvando le labbra in un sorriso quando incrociò i miei occhi. Oh, sapeva cos'avevo fatto la notte precedente con Aaron – *bene*. E dal cipiglio sul volto di West, che decisamente *evitava* di guardarmi, era evidente che lo sapeva anche il lupo.

Beh, non avevamo esattamente provato a nascondere la nostra nuova intimità. Che cosa mi aspettavo? E la situazione sarebbe diventata ancora più strana quando avrei accettato anche gli altri come compagni… quando mi sarei sentita pronta.

Avevo molti altri problemi a cui pensare, prima. "Quanto dista Sunridge da qui?" Chiesi rivolgendomi a tutti.

Aaron tirò fuori il cellulare per controllare la mappa, ma West rispose prima. "Circa due ore, dipende dalla strada che percorriamo. Hai fretta, Scintilla?"

Gli lanciai uno sguardo tagliente. "È da sette anni che aspetto di scoprire cos'è successo a mia madre, *Lupacchiotto*. Quindi sì, potrei essere un po' impaziente."

Marco rise sotto i baffi sentendo il nomignolo, e Nate soffocò una risata. West mi guardò male. "Allora sarà meglio che inizi a mangiare."

Nate mi passò un piatto, e io trangugiai le uova strapazzate con uno dei panini che gli abitanti del villaggio ci avevano donato. Poco dopo, montammo di nuovo nel furgone. West e Aaron ripresero i loro posti sui sedili anteriori. "Fammi compagnia, Principessa del Fuoco," disse Marco, dando dei colpetti al sedile centrale accanto al suo, e così feci. Mentre Nate prendeva posto dietro e West avviava il motore, il giaguaro diede una rapida stretta al mio ginocchio – lunga abbastanza da scatenarmi un piacevole fremito nella gamba.

Marco mi fece un gran sorriso, ora sembrava più rilassato. Ricambiai, ma il panorama oltre il parabrezza attirò la mia attenzione. Lungo la strada, dove la foresta si diradava, si ergevano alte montagne. Una spolverata di neve ricopriva le cime più alte. Sunridge si trovava proprio al di là di quella prima catena montuosa.

"Ti è tornato in mente qualcosa che potrebbe spiegare come mai tua madre ci abbia portati qui?" Chiese Marco.

Scossi la testa. "Non penso abbia mai menzionato il Wyoming. Ci sono comunità di mutaforma importanti in questa zona?"

"Non mi risulta. Ma sono sicuro che i draghi abbiano tenuto per sé qualche segreto."

Mentre il viaggio proseguiva mi prese la mano, muovendo pigramente le dita avanti e indietro sul mio palmo, senza insistere per cercare qualcosa di più. Per quanto mi piacesse il suo caldo tocco, anch'io ero troppo distratta per volere *di più*.

Ancora due ore, e forse avrei finalmente ottenuto delle risposte. Magari avrei rivisto mia madre. Il nervosismo mi assalì di nuovo, attorcigliandomi lo stomaco.

Intanto, la strada si fece più stretta e iniziò a salire, così West rallentò, serpeggiando lungo un passo tra due montagne. I sassolini sul terreno scricchiolavano sotto le ruote del furgone. La luce del sole svanì dietro la cima sud.

"C'è qualcuno sulla strada," disse Aaron. West rallentò ancora, poi abbassò il finestrino e inspirò per annusare l'aria. Mi sporsi in avanti tra i sedili anteriori per sbirciare. In piedi al centro della corsia c'era una figura, a circa trenta metri da noi: un ragazzo – sembrava poco più che adolescente.

"È uno di noi," sottolineò West. "Un felino, a giudicare dall'odore." Lanciò un'occhiata verso Marco. "Lo conosci?" Gli domandò.

"Come no," borbottò Marco. "Perché noi felini ci conosciamo tutti tra di noi." I suoi occhi si strinsero in due fessure. "No, non ha un aspetto familiare, ma non vuol dire nulla."

"Riuscite a capire se è uno dei ribelli?" Chiesi. "Come fate a sapere chi è un membro della famiglia e chi no?"

"I membri di una famiglia hanno un marchio sul palmo della mano, come quello che abbiamo noi alfa," rispose Aaron. "Se un mutaforma diventa un ribelle, il marchio sparisce. Dovremmo avvicinarci per scoprirlo."

"Qualcosa non torna," disse Nate dietro di me. "È una coincidenza troppo strana."

"Neanche a me la conta giusta," ribatté West. "Ma alcuni dei miei in paese sapevano dove eravamo diretti. Potrebbero averlo detto a qualcuno se ci fossero stati problemi. Non posso semplicemente investire il ragazzo senza saperlo."

"Beh, perché no?" Disse Marco. "Se appartiene a qualche famiglia, è la mia. Hai la mia piena autorizzazione a metterlo sotto. Se ha anche solo un po' d'istinto di sopravvivenza, si scanserà in tempo."

"Giusto," rispose West, palesemente sarcastico. "Questo sì che migliorerebbe i rapporti tra le famiglie."

Marco inspirò. "Come vuoi, lupo. È solo una lince. Se

dovesse darci problemi, sono certo che lo metteremo al tappeto in un attimo."

Ma avremmo messo al tappeto anche gli alleati del ragazzo nascosti lì attorno, se ci fossero stati? Più ci avvicinavamo a lui, più mi irrigidivo; poi il van si fermò. Osservai attentamente il fianco della montagna al lato della strada. Nulla si mosse, ma c'erano un sacco di rocce e macigni che potevano nascondere i nemici.

Il ragazzo s'incamminò verso di noi. West guardò Marco. "Come ci hai fatto notare tu, *giaguaro*, è della tua famiglia, quindi vai a parlarci tu. Se qualcosa dovesse andare storto, sono sicuro che riuscirai a saltare al volo in auto mentre fuggiamo da qui."

Il suo tono era netto, ma non nascondeva un filo di tensione. Aveva ancora una mano stretta saldamente al volante. Aaron osservò il ragazzo attraverso il parabrezza. Sul sedile posteriore, Nate slacciò la cintura di sicurezza. Immaginai che si stesse preparando in caso fosse necessario trasformarsi. Eravamo tutti in allerta.

Marco mormorò qualcosa riguardo ai 'canidi ingrati', ma raddrizzò la schiena e aprì la portiera. "Resta qui, principessa," mi disse. Saltò giù e s'incamminò verso lo sconosciuto con passo rilassato. "Fammi vedere il tuo marchio," chiese.

Il ragazzo iniziò a sollevare la mano, ma due fragorosi *boati* squarciarono il silenzio. Lo stesso suono sordo ed echeggiante che avevo sentito nel ricordo del volo disperato con mia madre dalla nostra vecchia casa.

Il furgone s'inchiodò sull'asfalto e sobbalzai allo stridio degli pneumatici. La spalla di Marco scattò all'indietro. Lui incespicò di lato, portandosi una mano al petto, proprio sotto la clavicola. Del sangue sgorgava tra le sue dita.

Il mio cuore si fermò. Colpi di pistola: ecco cos'era quel suono.

A quanto pareva, i ribelli non rispettavano le leggi dei mutaforma. Avevano portato le armi per questo scontro – e anche per quello di tanti anni fa.

"Marco!" Gridò West. Provò ad accelerare, ma la ruota sgonfia batteva debolmente sull'asfalto. "Dannazione. Vado a prenderlo. State giù."

Si lanciò fuori dal posto di guida prima ancora che potessimo protestare. Un altro proiettile colpì il finestrino di fronte a me, rompendo il vetro. Mi abbassai subito, nascondendomi dietro il sedile. Nate ringhiò. Aaron si tolse la maglietta.

"Vuoi trasformarti?" Chiesi in preda al panico. "Così ti farai colpire." Esplosero altri due colpi – uno rimbalzò sul fianco della vettura. Si sentì un latrato provenire dalla strada. Dov'era West? Aveva raggiunto Marco? Quanti ribelli avevano preso parte a questa imboscata?

"È molto più difficile colpire un obiettivo in movimento," disse Aaron. Mi lanciò un rapido sguardo, gli occhi colmi di determinazione. "Resta giù. Ci pensiamo noi."

Balzò fuori, chiudendo con forza la portiera dietro di sé. Un istante dopo, un lampo di ali dorate sfrecciò davanti al finestrino.

Proprio in quel momento, si udirono sibilo e un guaito. Erano i miei alfa o i ribelli? Non osai sollevare la testa abbastanza per sbirciare fuori dal finestrino.

"E ci vuole più di qualche proiettile per fermare un

orso," ringhiò Nate. Spalancò il portellone del bagagliaio, trasformandosi nel mentre. Il suo enorme corpo peloso passò davanti al mio finestrino e si lanciò nella mischia.

Un altro sparo risuonò nell'aria. Sussultai, affondando le unghie nella pelle del sedile. Il mio cuore palpitava così forte che non riuscivo a distinguere i battiti.

Una voce, profonda e gutturale, parlò da qualche punto più in alto. "Dateci il drago, e vi lasceremo tornare a casa dalla vostra gente."

Quelle parole risvegliarono qualcosa nel mio spirito animale, qualcosa che conoscevo. Non avevo mai sentito prima quella voce, ma mi riportò con la mente al primo attacco dei ribelli, ai ringhi e i latrati del lupo nero che aveva cercato di squarciarmi la gola. Sentii la pelle bruciare al ricordo.

Deglutii a fatica. Doveva essere lui al comando del gruppo. Ma ovviamente i miei alfa non avevano intenzione di barattare la mia vita. I colpi e le grida che provenivano dalla strada si facevano sempre più forti.

Un urlo acuto riempì l'aria – il grido di battaglia di Aaron – ma s'interruppe bruscamente. Mi si strinse la gola.

I ribelli avevano già ucciso quattro alfa una volta. I miei padri. Avevano assassinato anche le mie sorelle. Avevano massacrato tutte le persone più importanti per me. E ora stavano cercando di portarmi via anche i miei compagni, per arrivare a me.

No. La rabbia montò dentro di me. Le mie mani si strinsero a pugno. Inspirai lentamente, come mi aveva insegnato Aaron, e la ferocia si propagò in ogni parte del mio corpo come calda luce bianca, con la stessa potenza del legame che si era formato tra me e lui quando l'avevo fatto mio, la notte precedente. Quando avevo rivendicato il ruolo a cui ero destinata con le unghie e con i denti.

Sentii l'energia diffondersi nei miei arti. Non l'avrei lasciato accadere di nuovo. Non lì. Non in quel momento. Non sarei rimasta con le mani in mano. I miei alfa meritavano una compagna che potesse proteggerli, tanto quanto loro avevano protetto me.

E, maledizione, ce l'avevano.

Scattai in avanti per afferrare la maniglia della portiera. Spalancandola, mi lanciai fuori dall'auto. E poi *su*, nell'aria.

I miei muscoli si allungavano e bruciavano nella trasformazione. Il mio corpo, agile e muscoloso, si espanse. Dalle dita spuntarono gli artigli. Le ali si distesero dalla mia schiena, sbattendo istintivamente per sollevarmi, facendomi librare in volo. La mia vista si acuì. Il vento sferzava le levigate squame che coprivano la mia pelle. Il fuoco ardeva sotto il mio lungo collo.

Ce l'avevo fatta. Ero un drago. Ed era una sensazione *incredibile*.

Sbattei le ali, volando più in alto, testando ogni centimetro del mio nuovo corpo. Ma non avevo tempo di assaporarne le sensazioni. La mia ombra sfrecciava sul terreno, grande il doppio del furgone, e il mio sguardo colse una donna accovacciata accanto a un masso, a circa dieci metri di altezza sul fianco della montagna. Teneva una pistola tra le mani. La puntò verso di me.

Un'irruenta sicurezza mi pervase. *Oh, scordatelo*. Non doveva nemmeno provarci. L'avrei fatta pentire amaramente di aver minacciato me e ciò che era mio.

Scesi in picchiata verso di lei, che premette il grilletto. Sentii una fitta di dolore in un'ala, ma non m'importava. Spalancai le fauci e liberai il fuoco che m'incendiava dentro.

La donna gridò mentre veniva inghiottita dalle fiamme. Piombai sul suo nascondiglio e perlustrai i dintorni, cercando i suoi alleati. I colpi erano stati sparati da due armi da fuoco. Dov'era l'altro codardo nascosto dietro a una pistola?

Eccolo. Un uomo dai capelli grigi se ne stava rannicchiato in una crepa dall'altro lato della strada, e teneva un fucile – non una pistola – poggiato a una roccia. Volai verso di lui.

Diede prova di essere ancora più codardo. Lasciò cadere l'arma, si trasformò in una donnola a macchie bianche e nere, e fuggì su per la montagna.

Lo inseguii, ma s'intrufolò in una crepa ancora più profonda. Lo colpii con il fuoco e poi cambiai direzione. Il mio sguardo captò un uomo dai capelli arruffati che si lanciava di corsa verso il fucile.

"Resistete, resistete!" Urlò lungo la discesa, con la stessa voce gutturale che aveva ordinato ai miei alfa di consegnarmi a loro. Il suo odore permeò l'aria, emanando un sentore di lupo. Era lui, il ribelle che aveva marchiato il mio corpo con le zanne e ordinato ai suoi seguaci di attaccare Kylie.

Sentii la rabbia prendere il sopravvento. Non gli avrei lasciato la possibilità di rifarlo.

Il lupo si diresse verso di me, puntandomi contro il fucile, come se pensasse di potermi cogliere di sorpresa.

Un enorme, bollente getto di fuoco era già pronto nella mia gola. Spalancai la bocca e lo sprigionai.

La mia furia colpì il capo dei ribelli, lasciando al suo posto solo un cumulo di cenere e i resti fusi del fucile. Una brutale soddisfazione mi riempì il petto.

Mi diressi verso la strada. Alcuni dei ribelli erano già in fuga, risalendo di corsa il fianco della montagna verso la direzione da cui erano arrivati. Il ragazzo che aveva fermato il furgone era steso a terra, con il petto e la gola squarciati. Il mio lupo e la mia aquila avevano immobilizzato a terra un orso nero. Il mio orso, invece, stava colpendo la testa di un puma, che fuggì non appena la mia ombra si proiettò su di loro. Non riuscivo a trovare Marco.

Mi voltai ancora, pronta alla caccia, e una sensazione pungente mi attraversò i muscoli. Si stavano contraendo, rimpicciolendo – lo sforzo della trasformazione iniziava a farsi sentire. Cercai di costringermi a mantenere il corpo di drago, ma la stanchezza ebbe la meglio.

Era la mia prima volta, non avevo resistenza.

Digrignando i denti, precipitai a terra.

21

Aaron

S *erenity!*

Il grido riecheggiò nella mia testa mentre il suo corpo luccicante cadeva dal cielo. La mia voce animale non poteva urlare il suo nome. Allentai la presa dei miei artigli dalla spalla dell'orso; l'impulso di volare da lei mi sopraffece.

L'orso nero arrancava nella nostra stretta, ma sferrò la zampa in un ultimo colpo disperato, centrando una delle mie ali. Una fitta di dolore si unì alle altre che già irradiavano il mio corpo.

Mi inclinai di lato scagliandomi sull'orso, ma tutto quello che volevo era volare dal mio drago. Nate arrivò a grandi passi, mostrando minaccioso i denti al ribelle che avrebbe potuto far parte della sua famiglia. Voltò la testa verso di me come a dire: *Va' da lei.*

La mia ala ferita tremolò mentre mi spingevo all'indietro. Atterrai goffamente sulle zampe artigliate e ritornai alla mia forma umana. Segni di artigli sanguinanti sfregiavano il mio braccio destro, e uno squarcio vermiglio mi attraversava le costole. Stringendo i denti per il dolore, mi spinsi verso la mia compagna.

Serenity era caduta a terra sulle mani e sulle ginocchia, a metà tra la sua forma umana e di drago. Il suo lato animale l'aveva protetta dal peggiore degli impatti. Quando la vidi, era accasciata a pochi metri dal van, e il mio cuore saltò un battito.

Prima che potessi avvicinarmi, alzò la testa. Perdeva sangue dall'avambraccio per una ferita da proiettile e l'impatto le aveva scorticato il mento, ma i suoi occhi ambrati brillavano del fuoco più ardente che avessi mai visto. Mi tolse il fiato.

Caddi in ginocchio al suo fianco e la trascinai tra le mie braccia. Si accasciò lì, appoggiando la guancia alla mia scapola. Il suo petto era ancora scosso dal respiro affannoso.

"Sei stata incredibile," dissi, accarezzandole i capelli scuri. "La cosa più spettacolare che abbia mai visto." Il mio cuore si gonfiò d'orgoglio al ricordo delle sue brillanti squame rosse che luccicavano nel cielo.

La mia compagna. Il mio drago. E la notte prima aveva accettato di farmi suo. Ero colmo di meraviglia.

La mano di Serenity accarezzò il mio braccio ferito, poi si fermò, si mise a sedere e spalancò gli occhi. "Sei ferito. Dobbiamo bendarti. Gli altri stanno bene?"

"Siamo tutti sopravvissuti," risposi. "E guarirò." Ma aveva ragione. Avevo già perso troppo sangue. Mi alzai in piedi, riluttante al pensiero di lasciarla. Andando verso il furgone, afferrai i miei pantaloni e le lanciai la mia maglietta, visto che la sua, durante la trasformazione, era finita in brandelli che ora giacevano sulla strada accanto alla portiera aperta.

Nel cruscotto c'era un rotolo di garza sterile, proprio per quest'eventualità. Lo avvolsi attorno al braccio e m'inginocchiai accanto a Serenity per occuparmi della sua ferita. Sussultò mentre la fasciavo.

"Dannati proiettili. È così che hanno attaccato la mia famiglia. Avevo sentito gli spari in uno dei miei ricordi, ma solo adesso ho capito cos'erano."

Strinsi i denti. "Hanno davvero superato il limite. Qualsiasi mutaforma decida d'infrangere la legge e usare un'arma contro i propri simili, non potrà mai più unirsi alle famiglie."

"Ho il vago presentimento che questa gente voglia solo massacrarle le nostre famiglie, più che farne parte," disse Marco, appoggiandosi al cofano del furgone. Teneva premuta la camicia appallottolata sul foro di proiettile che aveva sul petto. La ferita non gli aveva impedito di trasformarsi in giaguaro per occuparsi della lince che ci aveva teso l'imboscata. Dopodiché, Nate lo aveva portato al riparo dietro il van.

"Di solito ai ribelli non piace gettare al vento altre possibilità," mormorai. Serenity fece per alzarsi in piedi, e io con lei.

West e Nate erano tornati in forma umana, così come l'orso nero, che ora era una donna sdraiata a terra senza vita. L'espressione vuota dei suoi occhi semiaperti smorzò un po' il mio sollievo. "È morta." Maledizione.

"È stata colpita da un proiettile destinato a noi," disse West, indicando uno schizzo di sangue sul suo petto. "Ed è comunque riuscita a combattere per tutto quel tempo, come se non stesse morendo." Macchie di sangue gli tingevano il petto, proprio sotto una cicatrice frastagliata che sapevo fosse stata la magia delle fate a lasciargli. Si affrettò verso il van per recuperare i suoi vestiti, lanciandomi uno sguardo affranto mentre mi passava davanti. "Speravo anch'io che avremmo ottenuto delle risposte."

Il nostro drago stava fissando la donna, mordendosi il labbro. Aveva messo fine a delle vite con il suo fuoco fino a pochi minuti prima, ma Serenity non era abituata a vedere da vicino un cadavere.

"Ho ucciso il loro capo," disse, distogliendo lo sguardo. "Il lupo che mi aveva attaccata al villaggio. Ora è solo un mucchio di cenere, lassù." Indicò con la mano il fianco della montagna. "Ho provato a catturare anche quelli che stavano scappando…"

Lo sguardo di Nate si fece serio. "Hai fatto tutto quello che potevi, Ren. Non ho mai visto nessun mutaforma resistere così a lungo alla sua prima trasformazione."

"Oh." Era stupita. Poi un piccolo sorriso fece capolino sulle sue labbra.

Nate seguì West verso il furgone. Dovevamo andarcene prima che arrivasse qualche umano. La strada era poco frequentata e avevamo superato l'ultima città da diversi chilometri, ma qualcuno poteva aver sentito gli spari.

Serenity si strinse la mia maglietta attorno alle spalle. "Volevano uccidermi, di nuovo," disse.

"A quanto pare, sedici anni di caos non gli sono bastati," mormorò West.

Le labbra di Marco s'incurvarono. "Ma li hai rimessi al loro posto, principessa. Li hai ridotti in cenere."

Non sapevamo se ci fossero altri ribelli lì intorno, altrettanto determinati a distruggere, ma non volevo dirlo. Non mentre guardavo Serenity cercare di rimettersi dritta. Si guardò intorno osservandoci, e in quel momento sembrava proprio una principessa. Una regina. Avevamo vinto, e questa vittoria apparteneva a lei. Nel vibrante flusso di energia che s'irradiava tra di noi, sentii che gli altri alfa rispondevano al suo potere.

Avremmo lottato tutti insieme, fino in fondo. Nessuno di noi si sarebbe tirato indietro, nemmeno West. Era una bella sensazione. Era *giusto*.

"Direi di proseguire con qualsiasi cosa i ribelli volessero impedirci di fare qui," disse Serenity. "Devo solo fare una cosa, prima."

Si voltò verso di me e cinse il mio viso con le mani, dandomi un bacio che ricambiai con immenso piacere, con tutta la passione e la venerazione che provavo, finché un tremito attraversò il suo corpo. Nulla di tutto questo — il pericolo, le ferite sul mio corpo — non c'era nulla che non avrei affrontato per lei.

~

Ren

Mi staccai da Aaron, senza fiato, ma non avevo ancora finito. Fu il turno di Marco. Il mio giaguaro mi venne subito incontro, cingendomi la vita con le braccia e avvicinando il viso al mio. Mi baciò a lungo e intensamente, con una provocante carezza della lingua. Classica mossa alla Marco.

Quando mi sfilai dalle sue braccia, Nate mi stava già aspettando. Cinsi il collo dell'orso, che mi sollevò con le sue forti braccia per permettere alle nostre bocche di unirsi. Il suo bacio fu deciso ma dolce; mi sfiorò appena le labbra un'ultima volta, prima di lasciarmi andare.

Alla fine mi voltai verso il lupo, che s'irrigidì. Mi guardò con diffidenza, ma l'espressione nei suoi occhi era bollente. Mi voleva, nonostante tutto. Sentivamo tutti la stessa attrazione.

Allungai una mano verso di lui. "Rilassati, è un bacio, non un contratto. Ho bisogno di sapere che sei con me, anche solo così."

S'inumidì le labbra. Quel gesto scatenò un brivido di piacere dentro di me. "E va bene, Scintilla," disse. "Puoi avere il tuo bacio."

Dopo quelle parole, non mi aspettavo nulla di più di un rapido bacio a stampo. Si avvicinò, portando con sé i profumi intensi della foresta, della terra e del pino. Il mio cuore batté un po' più forte. Inclinò il capo, e io mi alzai esitante sulle punte per premere timidamente la bocca sulla sua.

Un ringhio famelico vibrò nel suo petto. Mi strinse la vita con mano bollente, spingendomi più vicino. Mi baciò così ferocemente da farmi girare la testa. Per un istante, non sentii altro che il suo calore e la pressione insistente dei suoi fianchi.

Altrettanto improvvisamente mi lasciò andare. Fece qualche passo indietro, incrociando le braccia sul petto nella sua solita posa scostante. "Adesso andiamo," disse con tono tagliente, guardandomi negli occhi per un attimo prima di voltarsi.

Il suo sapore intenso rimase sulle mie labbra. Lasciai andare un sospiro, sentendomi finalmente a mio agio nel mio corpo, il corpo di un drago, circondata dai miei quattro alfa, i miei futuri compagni. "Sì," replicai. "Andiamo."

Ci fermammo ancora un po', giusto il tempo per Nate e West di cambiare la gomma forata con quella di scorta, poi partimmo. Le montagne contornavano un'ampia valle, attraversata da un fiume luccicante. Sulla sponda meridionale si trovava Sunridge, una cittadina con poche migliaia di abitanti. Sbirciai dal finestrino mentre percorrevamo la strada principale, aspettando che qualcosa m'illuminasse.

Aaron mi guardò speranzoso. Scossi la testa, "Nulla."

"C'è un museo dedicato alla storia della città," disse Nate, indicandolo. "Sembra un buon posto da cui iniziare."

West parcheggiò di fronte alla casa adibita a museo. La donna all'ingresso ci guardò incuriosita quando entrammo. Stando al cartellino che indossava, era una volontaria della Sunridge Historical Society. Quanta storia poteva avere un paesino di queste dimensioni?

Facemmo un giro per osservare le varie esposizioni: articoli di giornale segnati dal tempo, vecchie foto in bianco e nero, capi d'abbigliamento appartenuti a qualche sindaco particolarmente importante che, a quanto pareva, aveva semplicemente costruito un nuovo ponte sul fiume. Nulla di particolarmente avvincente. Stavo per arrendermi, quando il mio sguardo fu catturato da un dipinto che occupava un angolo della parete in fondo.

Il mio cuore vacillò. Mi avvicinai, e uno strano senso di familiarità mi solleticò il petto. Non avevo mai visto quell'immagine prima, ma in qualche modo sentivo di conoscerla.

Era un semplice disegno che mostrava la distesa di montagne innevate. Ma al centro, tra due crinali, una scintilla risplendeva come una fiamma verso il cielo. Feci per toccarla, ma non riuscii a raggiungere la tela.

"Ti piace?" Mi chiese la volontaria, arrivando alle mie spalle. Mi fece un sorriso gentile. "È un'interpretazione di un'opera più grande che si trova nella piazza della città, se vuoi vedere l'originale."

"Sì," esclamai con tanto entusiasmo da farle inarcare le sopracciglia. "Dove si trova?"

"È a pochi minuti a piedi da qui," rispose. "Quando esci gira a sinistra, cammina per due isolati, poi gira ancora a sinistra e vedrai la piazza."

"Grazie!" Corsi verso la porta, con i ragazzi al mio seguito.

"Hai trovato qualcosa?" Chiese Nate.

"Credo di sì. Andiamo."

Corsi lungo la strada seguendo le indicazioni della donna. Arrivammo a una piccola piazza acciottolata, con qualche edificio ai lati e una locanda sul fondo. In mezzo alla piazza c'era un obelisco di scura pietra grigia, su cui erano incastonati granelli luccicanti di mica. Era alto quasi il doppio di me. Sulla sua superficie piatta era incisa la stessa immagine del dipinto.

Mi attirò a sé finché non fui abbastanza vicina da toccarlo. Questa volta appoggiai la mano sulla fredda superficie di pietra. Sembrava tremare sotto il mio palmo.

La potenza di un ricordò cancellò il resto del mondo.

No, non un ricordo. Perché l'immagine di mia madre che apparve davanti ai miei occhi non l'avevo mai vista prima. Era in piedi di fronte all'obelisco, con i capelli castani che brillavano al sole, e indossava lo stesso vestito dell'ultima volta che l'avevo vista. Mi si strinse il petto.

Mi aveva lasciato un messaggio sette anni fa, quando si era trovata esattamente nello stesso punto.

"Serenity," parlò, la sua voce limpida risuonava proprio dentro le mie orecchie. "Vorrei avere più tempo per spiegarti tutto, ma non so quanto vantaggio sono riuscita a ottenere. Quindi, ecco quello che posso dirti: voglio darti tutto ciò di cui hai bisogno per sopravvivere alle molte sfide che so che dovrai affrontare. La nostra gente ha lasciato un potere in questo posto, secoli fa. Se non sarò tornata a portartelo, c'è ancora una possibilità che tu possa recuperarlo da sola. Se sei arrivata fin qui, devi essere già molto forte."

Toccò l'immagine della fiamma tra le montagne. "Qui è dove lo troverai. La tua natura di drago ti indicherà la strada." Poi guardò dritto nei miei occhi. "Ti voglio bene. Non dimenticarlo mai."

L'immagine si dissolse. Mi ritrovai appoggiata alla pietra, con gli occhi pieni di lacrime.

"Ren?" Disse Nate, esitante.

Inspirai, tremando, e mi asciugai gli occhi. "Sto bene," dissi. "So cosa dobbiamo fare. So perché mia madre ci ha mandati qui. C'è qualcosa qui di cui ho bisogno se vogliamo rimediare ai danni causati dai ribelli."

Feci un passo indietro, guardando prima l'immagine e poi le montagne attorno a noi. Là. Mi fermai quando il mio sguardo individuò due cime uguali a quelle dell'incisione. In quel momento il sole le illuminava, ma al suo sorgere avrebbe brillato in mezzo a loro come una fiamma. Sollevai la mano.

"Andremo in cima a quella montagna."

L'AUTORE

Eva Chase, autrice di romanzi urban fantasy e paranormali, è tra le prime 100 scrittrici più vendute su Amazon. Magia, caos e pene d'amore sono stati il suo pane quotidiano fin da quando era piccola, e sono anche gli ingredienti segreti di tutte le sue storie. Con lei, però, non dovrai temere i triangoli amorosi: le eroine di Eva non devono mai scegliere. Scopri chi è visitando l'indirizzo www.evachase.com.